U0037180

地 大地 大地 大地 大地 大地 大地 大地 大地 大地

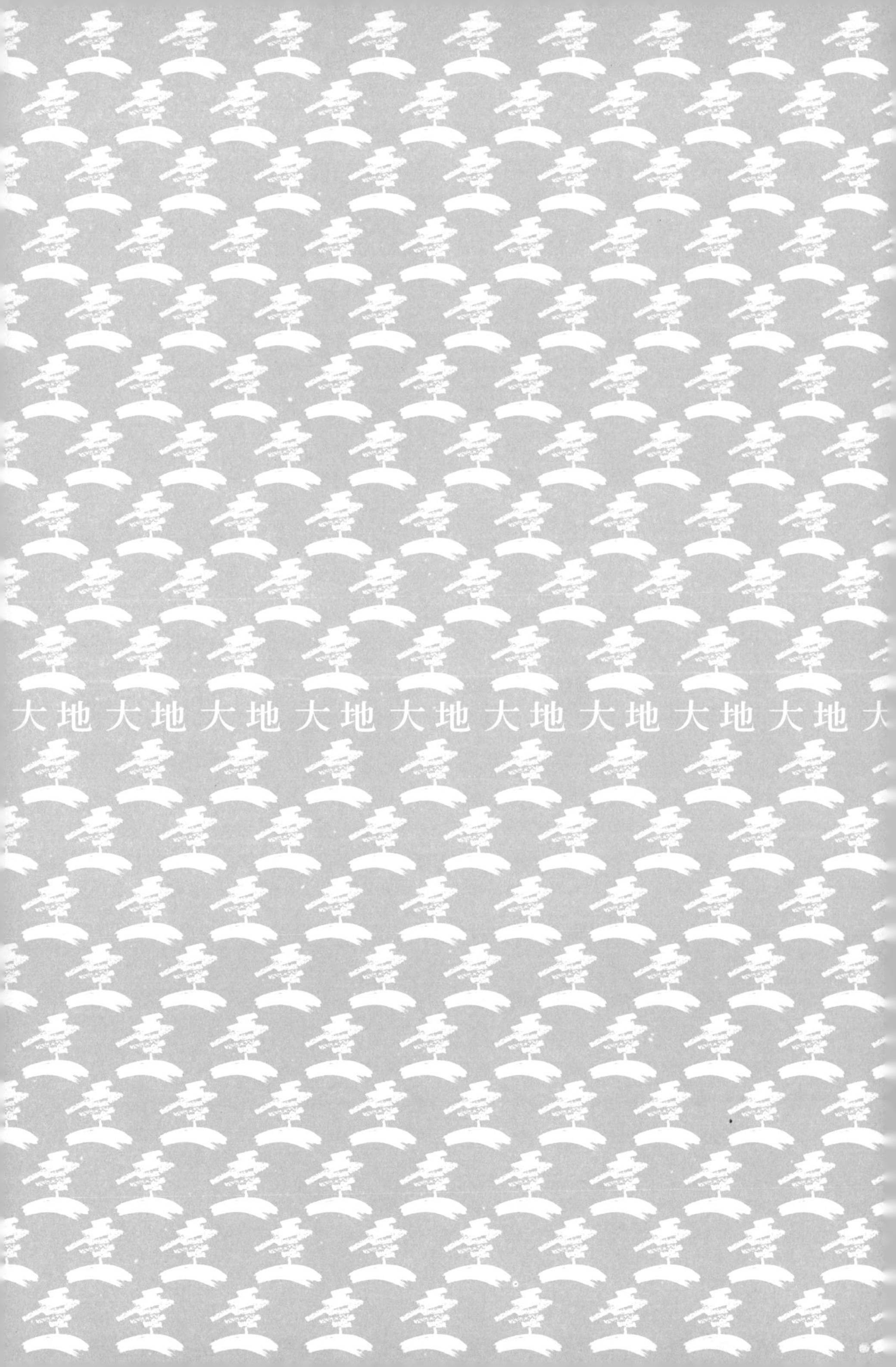
大地 大地 大地 大地 大地 大地 大地 大地 大地 大

大地文學10

黃絨虎與西門町

水晶 著

因「椎尖盤突出」引起的

——寫在《黃絨虎與西門町》前面

水晶

新書付梓前，照例要寫一篇序，在純正的文藝逐漸式微之時，作家的序文或者跋，似乎更形成了一種贅疣，可是又不得不為之，眞有諸葛亮在〈前出師表〉的同樣感嘆：「臨表涕泣，不知所云」。

民國八十三年底，我罹患了一種「椎尖盤突出」（俗稱骨刺）的老人病。病痛原是人生必經的憂患。這一種不死不活的病，照樣使得身受者有一種生不如死的苦痛。折騰了四個月、遍訪了坊間的中醫以後，我決定冒著癱瘓的危險，去新光醫院接受外科神經的手術治療。住在台灣的人一定聽過「月亮歌后」李佩菁外科手術失敗、終生坐上輪椅的故事，這故事有積極的一面：她雖然半身不遂了，卻有幸找到了如意郎君，陪伴她渡過許多花晨月夕，而無月缺花殘之嘆。然而，這故事消極的一面是：萬一你跟李佩菁同樣的不幸，被「罰」坐在輪椅上，起居都得靠人扶持，搬過來移過去，像一件笨重的家具，你會有李小姐這樣稀有的幸運，終生都有人來照顧你嗎？何況，年紀大了，動刀會有許多意想不到的危機：萬一，麻醉劑下多了，回不過來，不就白白送了這條老命？

這些疑慮沒有使我猶疑，反而加速了我快刀斬亂麻的決心。反正我這拙病中醫已經宣佈絕望了：遲早我會癱瘓，還不如去挨上一刀，也許有絕處逢生的可能，我對自己這樣說。上海人的打話，我那時是「橫豎橫」了。好像心理學宗師佛洛伊特說過：「人有時有一種『死的願望』death-wish。」也許我心中的「幽微靈秀地」，也有這樣一種嚮往吧？不管怎麼說，在倉促間我住進了新光醫院。於是，在神經外科專家蔡明達醫師的主治下，我身上使我感到抽絲剝繭般無限痛苦的三十來塊粉白「板塊」（俗稱「骨刺」）的異物被割除了，「無病一身輕」，我又活過來了——也許可以說，「又活回來了」吧！

正因爲決策在倉皇間下的，我在新光住的是三等病房，這一點也有好處：這使我更深沉地接觸到人生苦痛的一面。我的右鄰是位患了一種皮膚性紅斑狼瘡的年輕人。這種病非常奇特：發病的時辰，需要倚賴一種儀器來疏導控制，而且，更奇特的一點是：病魔侵襲的時辰往往是在半夜，或是天剛矇矇亮的拂曉。這時，機器格格發動了，加上病人的呻吟聲，整個的房間也跟著轟隆轟隆騷動起來，套一句流行的電影術語，稱呼這間房爲《神鬼病室》，一點也不爲過。

這是右鄰。左鄰呢？更慘痛了。這位芳鄰也是年輕人。騎重型機車時沒有戴帽盔，結果，快到家門口的時候，與另一位尚未成年的機車騎士撞個正著，這位有著呼風喚雨能耐的騎士後腦砸在水泥地上，砸昏了過去，醒來的時辰，便是今天這副模樣：是個不折不扣的植物人。

這位一度是「神鬼騎士」的芳鄰，父親是軍人，退伍後經商成功，家道甚爲殷實。他跟他的夫人日夜輪換來照顧愛子，不斷呼喚著他的名字，希望把他從那幽冥地帶喚回人間來。意外發生有六七個月了，我住院大概二十來天，每天都聽到這對夫婦對兒子的愛心呼喚；到我出院的時候，還是沒有把愛子的靈魂完整無缺地喚回來。

人在生病的時候心情惡劣，一旦病魔遠離，彷彿獲得上帝的赦免，「以前種種譬如昨日死」，那種輕鬆愉快，眞是用盡天下的美好字眼都形容不出。同時，一個人在病中，有時也的確與常時有點不一樣，比較會用較爲寬容與同情、甚至愛心來對待周遭的人與事。我對自己臨時居住的惡劣環境絲毫沒有厭惡之感。我尤其悲憫那位害狼瘡年輕人的父親。他也是一位退伍軍人，有兩年了，他說，他都陪伴著這個生病的兒子，晚上便蜷曲睡在病榻旁邊一個臨時搭成的條舖上，兒子病發的時候替他去呼喚護士，早上起來出去買早點，照顧他上廁所……無微不至，而且沒有怨言。人說：「久病床前無孝子」，可我在新光醫院的三等病房內，看到一幕「久病床前有慈父」的眞情演出。要不是這次出書要寫序，可能一輩子也不會寫到它。

當然，我寫出這段陳年往事，不過想鋪陳一點，在病榻上，我因緣際會閱讀到「後現代主義」的健將華特．班傑明 Walter Benjamin 所撰寫的一本散文集《靈光乍現集》(Illuminations)。（也許書名可以試譯作《吉光片羽集》）這本有如暗夜中的螢火蟲（台語有一個幻麗的名字「火金姑」）的小書，照亮了我思想角落裡的一條幽徑，眞是相見恨晚。在這裡，我無意介紹這本驚動了二十世紀末葉藝文思想、文化界的書，因爲正如我頑疾初癒的心情，一枝禿筆形容不出，我也同樣無法三言兩語勾勒出這本具有警世價値、小書的內涵。不管怎麼說，它影響了我這本新書內一篇大型散文〈西門町的飯舖及其它〉的寫作。如果有讀者發現到這篇散文有華特．班傑明的流風遺澤在內，我不但不會蹙眉，反而會莞爾：我刻意模仿大師成功了，怎不令人欣喜若狂呢！

華特．班傑明一生坎坷的遭遇，比起我三等病房裡的左鄰右舍，不遑多讓，同樣令人鼻酸扼腕。他是猶太裔的德國人，又忝爲傑出的知識份子。這樣身分的人，偏又活在二次大戰的德國，註定是要悲劇以終了。華特一輩子是在蹭蹬踟躅中渡過的。他寫的文章乏人問津，在納粹的鐵蹄下，逼得他到處逃亡。最後，是在蓋世太保鐵騎壓境下的法國，他準備與一夥嚮往自由的朋友們，逃亡到美國去的途中，因爲壓力過大，承受不住，自殺了——是吞槍還是仰藥記不清了？文人的脆弱，有時眞像激流中的一莖稻草啊！

談罷〈西門町的飯鋪及其它〉一文出處，我想順便再一提〈安娣簡妮佛的黃絨虎〉。這是一篇三萬字的中篇、帶著極強烈的自傳意味的小說，曾經中華日報副刊連載。小說的主人翁是我的姨母——其實，中篇中還有一位著墨較多的主角——我的母親，所以〈黃絨虎〉寫的既是我的姨母，也是我的母親。兩位女性都是二十世紀悲劇性的人物。她們悲劇成因我在小說中說了很多，可是說來說去，我指出是她們的性格使然。我這樣說是十分殘忍的，而且有欠厚道，也不甚公平。我把我生命中骨肉相連的母親攤陳出來，不但不衛護她，反而有責難她的意思，我還是一個人子嗎？可是，也許，正因爲我鞭策了我的姨母，我的母親，我心靈的齷齪瘡痍得到了汰滌，我個人罪衍的負荷因此獲得釋放，可以稍稍減輕一點壓力。是耶？非耶？只好懇求高明的讀者在旁作出判決了。因此，新書中的〈船過水無痕—記二姊〉理應伴同〈黃絨虎〉一同閱讀方是。

至於有關張愛玲、老歌與電影方面的文章，那是我日常生活中的一個常規，一個定數，一個嗜好與研究的「生命共同體」Symbiosis。不同的時間，有不同的呈現，原是意料中之事，不足爲訓的。

書承老樹出新枝的「大地出版社」出版，讓我趁此謝謝大地的新主人吳錫清先生，隆情厚誼，十分難得。

（二〇〇〇、十一、七、淡大）

黃絨虎與西門町
——水晶小說散文合集

序……三
目錄……九

小說

安娣簡妮佛的黃絨虎……十五

散文

一、西門町的飯舖及其它……七九
二、船過水無痕——記二姊……一〇三
三、啊、金門——旅行寫作！……一一一
四、酒仙與木心漣漪……一一九

五、可憐的「小弟」——我訪張子靜……一二九
六、一九四四——？
—評張愛玲的遺作〈一九八八至——？〉……一四三
〔附張愛玲的遺作〈一九八八至——？〉……一五一
〔附《太太萬歲》題記〕……一五六
七、不可顛覆太過！……一六一
八、上海 上海人……一六五
九、外籍「問政者」……一七五
十、淡水捷運頌……一七九
十一、《二嫫》與《紅粉》
—兩部大陸「女性電影」……一八三
十二、不盡鄉愁滾滾來
—我看《搖啊搖，搖到外婆橋》……一九一
十三、大膽的繆思
—記白光與上海影壇……二〇一

十四、中國第一位歌舞明星
——訪「小妹妹」黎明暉女士……二〇七
十五、訪黃貽鈞談時代曲……二一七
十六、黎錦光談流行老歌……二三九
十七、老歌「新」生命……二三九

小說

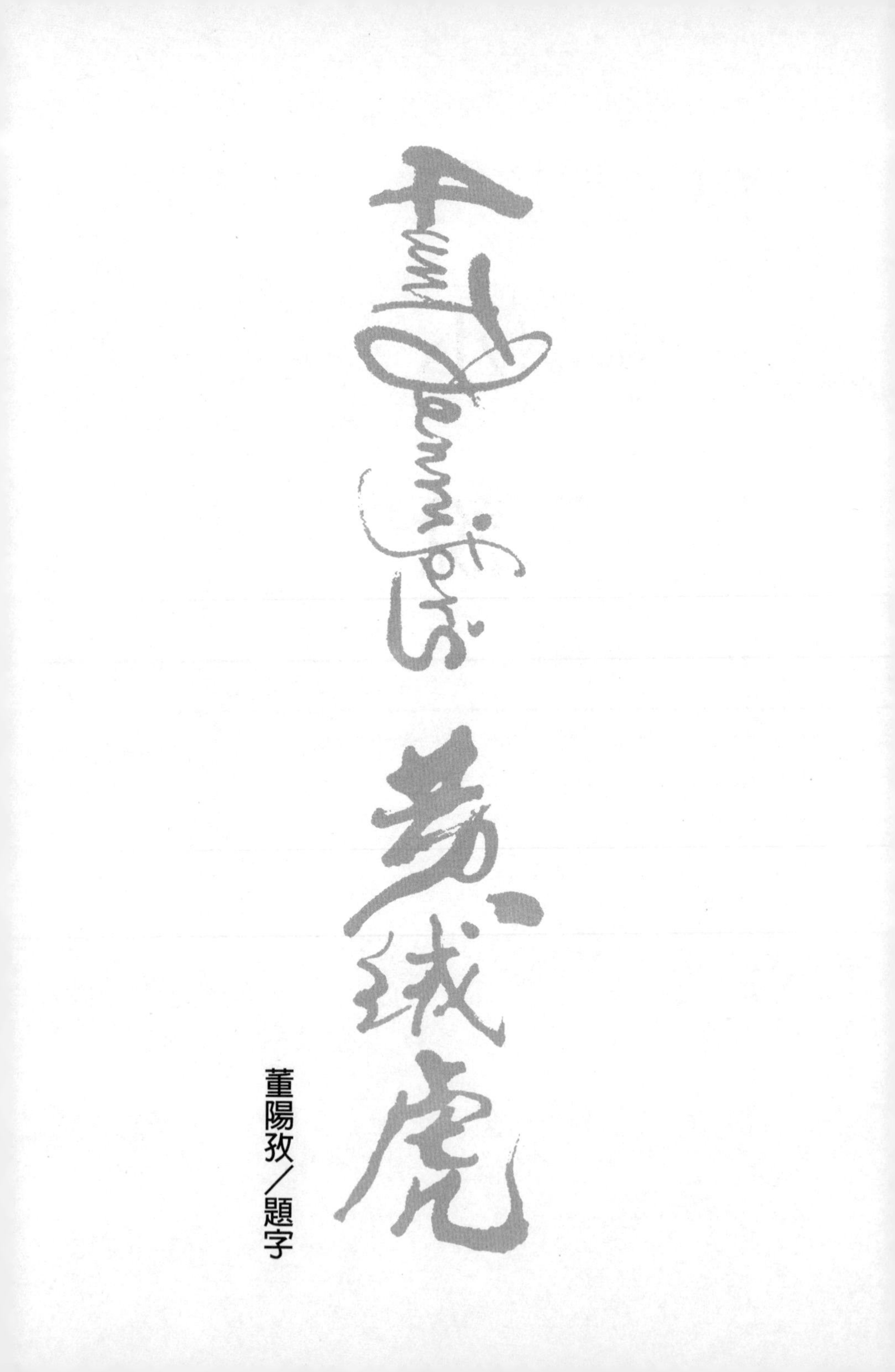

董陽孜／題字

安娣簡妮佛的黃絨虎

（八十九年五月中旬開始連載）

歐德茵・蕊奇

隻隻絨虎騰躍在安娣簡妮佛的一方畫布上
鮮亮的黃玉居民在一片綠的世界中
牠們不怕樹下的（獵人）男子；
牠們毛光閃亮，以騎士的安穩彳亍。

安娣簡妮佛的手指在她那方絨布上忙亂著
感到即使象牙針頭亦難拔得動
（因為）「安可」給她的那枚碩大無朋的金環戒指

沉重地坐正在安娣簡妮佛的手上。

當姨媽一旦死去，那雙飽受驚恐的手將會靜下來
卻依然匝陷在她以往被主宰的苦難中，
她製作的一隻隻黃絨虎
依然會縱跳如飛，趾高氣揚，無懼無畏。

一

〈安娣（姨媽）簡妮佛〉是一首名詩，美國女詩人歐德茵・蕊奇（Adrinne Rich 一九三〇—）的成名作，收入她的詩集《世界的一種變遷》（A Change of World 一九五一）。詩集並蒙名詩人奧登 W. H. Auden 作序，可謂聲勢巨大，奠定了蕊奇女史日後「雲從龍，風從虎」的架式。

這首詩我在大學《文學入門》課上常揀出來教。每教一次都有一些心得；每次教都讓我想起逝世已久的姨媽，也就是我口頭的乾娘。

在話題轉入乾娘的事蹟以前，鏡頭最好在這首有著「女性主義」先驅意識的名詩身上多逗留一會。當然，任何的翻譯都是一種閹割——甚至宰割，特別是譯詩；我見識過龐德 Ezra Pound 英譯李白的〈長干行〉，也即是「妾髮初覆額」那一首，覺得滿不是那回事，那麼我自己率爾操觚的〈黃絨虎〉又當如何？所以最好將英詩原文列出，讓蒙在鼓裡「愛詩族」（套自「愛麵族」）的讀者有個比較：

Aunt Jennifer's Tigers

Aunt Jennifer's tigers prance across a screen,
Bright topaz denizens of a world of green.
They do not fear the men beneath the tree;
They pace in sleek chivalric certainty.

Aunt Jennifer's fingers fluttering through her wool
Find even the ivory needle hard to pull.

The massive weight of Uncle's wedding band
Sits upon Aunt Jennifer's hand.

When Aunt is dead, her terrified hands will lie
Still ringed with ordeals she was mastered by,
The tigers in the panel that she made
Will go on prancing, proud and unafraid.

與原詩比較一下，讀者立即可以發現：原詩要精簡（compact）得多；拙譯有些地方簡直是「意譯」：paraphrase，是散文，不是詩。詩本來是一種語言的純藝術，蕊奇的詩也不例外，例如第三節第二行第一個字 still 可作「靜靜地」解；同時也可作「依然」解；放在句首，蕊奇的確有雙義的意向，可中文就沒有這種雙重功能的字，只好畫蛇添足把兩義都翻出來，結果變成了囉嗦——帶一點詮釋意味的意譯；詩的美感盡失。

又像第一節第四行的「他們」，到底是指黃絨虎群還是樹下的男子？這裡，蕊奇有她的旨意在。「他們」可能是指前者，也極可能是指後者。蕊奇的初衷可能是既指前者，亦指後者——這與簡妮佛姨媽刺繡時的心情有關，因爲她是把絨虎與樹下的男子放在同一平面、同一價位上來「書寫」的。歧義本是詩的精義之一；而在我的譯文中不得不作出一種抉擇，從「牠」，因爲中文習性慣例，代名詞不那麼重要，也沒有「歧義」的內涵存在。

仔細品讀一下，讀者乍唸第四行，往往產生一種錯覺，以爲「他們」是指樹下的男子，因爲老虎哪兒可能培養出一種紳士（騎士）悠閒的風度？這一種美感只有在原文中才捕捉得到，到了譯作便是緣木求魚！

有評者認爲，〈安娣——〉一詩寫的是簡妮佛姨媽壓抑心情（suffocation）的昇華(sublimation)。簡妮佛姨媽在婚姻上（戴上碩大無朋的指環）遇到的挫折，只有藉著「刺虎」來宣洩昇華。而昇華的結果便是繡出了「貓鼠同眠」（套金瓶梅中的一種說詞）的畫面。安娣簡妮佛的藝術畫面上，騰躍的黃絨虎可與樹下狩獵的男子和平相處，以此類推，男女平權相處，更是小事一樁了！這是安娣簡妮佛搞不通思想的舊腦筋，編織出來的一種烏托邦畫面；在這個理想化的世界裡，安娣馳騁著她無窮的幻想與希望。

換句話說，安娣簡妮佛篤行的是不抵抗主義，所以蕊奇在第三節說，即使安娣死後，她繪製的黃絨虎依然故我，橫行無阻！

二

蕊奇女士所寫的，是一種「千紅一窟（哭）」、「萬豔同杯（悲）」的女性處境（語見《紅樓夢》）；地不分中外，人不外古今，隨時隨地都可以摭拾到安娣簡妮佛這一類的故事，眞是杜甫詠懷詩裡所寫的，「悵望千秋一下淚，蕭條異代不同時」了。

使我驚詫的一點是，安娣簡妮佛的肖像與我「乾娘」二姨媽的，簡直脫了一個影兒：兩人同樣戴著巨大的婚戒——小時候聽母親說，乾娘結婚時潘家贈送她聘嫁首飾之一的一枚鑽戒，是數克拉重的火油鑽，有黃豆那麼大，靠近玻璃窗，一吸，就被玻璃吸了去。而蕊奇筆下的那枚戒指，更是大得離奇，是鎖住鸚鵡類似腳鐐的扣環（band），不是戒指。

母親又說，乾娘唸中學的時候，有個留過學的青年來追求，寫過幾封信；剛好上海的富商潘家因爲跟外公生意上有來往，托媒人來議婚。外公要乾娘自己挑，她挑中了潘家。

換句話說，乾娘挑中的是錢，不是人！

乾爺潘彥伯自小是紈袴子弟，不說人品，受的教育自然不如那留學生高！

那時候留學生物以稀爲貴，捧的多半是金飯碗，甚至爲官作宰，飛黃騰達，亦非難事。

乾娘自然理解到這一點，但她還是固執地選擇了錢！

乾娘嫁的是錢！

動產不計，單是在上海南市，有整條弄堂的房子，還有整條街的店面，都是他潘家的，母親說。

紅樓夢裡形容薛（寶釵）家之富：「豐年好大雪，珍珠如土金如鐵」，用這句歌謠來形容全盛時期潘家之富，應不爲過！

乾娘的婚期，應是二〇年末，接近三〇年了——暫且推算是一九二八年？

小時候，我看過乾娘的結婚照。乾爺的頭髮剪成羅密歐式，從中間分縫，豐厚的頭髮燙成捲曲的大波浪式，一定是好萊塢當紅男星——是不是范倫鐵諾？——梳過的那一種？又戴著今日復古、金瑞奇式的小圓金絲眼鏡。照片是一種米色的硬卡片，用凹凸金色字體印出照相館的名字——許有橫十五豎十厘米大小；人像照得很清楚，栩栩如生。

乾娘有一張獨自坐著的婚紗照，手裡捧著一束紫羅蘭。二〇年代的上海，極闊的人家結婚才興拍這一種婚紗照——母親就沒有婚紗照留下來；應算是最時髦的了。乾娘頂著一幅帕子式的婚紗，婚妙四周，嵌著荷葉邊，又像今日美國水晶紫、一種專櫃裡陳列的水果盤的鑲邊。

蔣（介石）宋（美齡）聯姻的「世紀大婚」（在上海的大華飯店），就拍過這種「原型」archetype 式的婚紗照。

三

乾娘婚後產下一女，取名賢芬，隨即夭折，乾娘此後並無再出。

四

紈袴子弟嫁不得，不能想像乾娘的嫁後光陰。

乾爺的父親早逝，留下偌大的家產和生意，還有孤兒（乾爺是獨子）寡婦，不得已，暫且請原來的管家——今日稱作經理的——代管。

結果是可以想見的，也像許多舊小說裡所寫的：心懷叵測、精明強幹的管家，引領攛掇著少東去賭博、去逛窯子（上海多的是么二、長三堂子，還有《海上花》裡寫的「野雞」、「花煙間」），甚至吸毒抽鴉片。於是，短短的數年不到，像變魔術似的，潘家的財產、字號統統變了姓氏，不再姓潘，而金山銀山的家當，也流沙一般急速瀉爲平地。大陸得獎電影《活著》的那個少爺（由葛優飾演），便是乾爺絕佳的「替身」影子。

在家產尚未完全花光以前，乾娘提出了分家的要求，將賸下的一點絲瓜筋（金）——又有點像海沙屋的骨樑，拆卸解體，一分爲三，爲的是想過幾年安心的「苦」日子，乾娘對母親說。

結果，苦日子過得並不安心，因爲她跟乾爺並未正式離婚；再加上乾爺爲人聰明（他並不像《紅樓夢》裡的薛蟠那樣獃），是個騙錢用的高手。乾娘身邊的一些「體己」，很快又被乾爺吸乾了去，也許是花在另外一個住在「小花枝」巷裡的女人身上。

錢本來是他的，倒也花得理直氣壯，並不悖理。

這時候，乾娘不過三十剛出頭，而乾爺也同樣地年輕；從前的婚姻，夫妻往往是同齡的，妻子有時還大上兩三歲，爲的是好照顧丈夫，還有他的財產。《金瓶梅》裡媒婆薛嫂的打話，「妻大兩，黃金日日長，妻大三，黃金堆如山。」

民國三十二年，日寇盤踞上海的時候，乾娘他們已經流落到賃屋而居的地步，而且經常搬家，越搬越糟，有時候是人家的亭子間，甚至灶披間也住。那隻外星人E·T·也有資格配戴的「自動」鑽戒，我也只是耳聞，並未目見，想必早已經乾爺之手，悄悄地溜進了當舖。

在我開始有完整記憶，也就是進小學的時候，乾娘的家境便已經像抄家後的大觀園，「亭台樓閣，色彩剝蝕殆盡」了。

她常常借故到我家來「坐坐」（散心）——一「坐」便是好幾天，跟母親睡在一張大床上。她不大談跟姨父的事——也許是背著我們小孩跟母親悄悄地聊；也從來沒有看見過她淌眼抹淚，她常常靜靜垂肩坐在窗前刺繡，手裡拈著一隻繡花繃子，一針一線上上下下慢條斯理的繡，像安娣簡妮佛那樣。

我們蘇北老家，清末的時候，出過一位顯赫的張狀元——人稱張「南通」的那位；他的一位如夫人沈女士，就以女紅針黹大大的出名，綽號「針神」。不知乾娘可曾跟這位針神請教過繡藝？

不過，乾娘技藝雖精，繡的都是小件頭的工藝品，拖鞋面、枕套、圍巾、團扇、嬰孩的肚兜之類。她沒有甚麼野心去繡「獅子滾繡球」，或者「武松打虎」、「孔雀綽尾」之類的大件藝術品。題材也極狹窄：鴛鴦、喜鵲、金魚、牡丹、梅蘭竹菊……。那時熊貓還隱居在雲貴高原的深山裡，沒有被發現，否則她一定會趕著去繡「熊貓食竹」的花樣。

逢著乾娘興致好，她一面繡著花，一面還會哼幾句京戲裡的唱詞：程硯秋的六月雪，梅蘭芳的玉堂春，她都會哼。

有時候，母親也約著她，兩人連袂去看夜戲，回來後乾娘還津津有味地樂道著那些京朝大角的名字：甚麼葉盛蘭，甚麼張君秋；又有一個會「踩蹻」（裝小腳）的小旦叫閻世善（奇怪的名字）；還有一個更奇怪的，叫「貓屎來」（毛世來），也被我記住了，至今難忘。

五

乾娘吃飯極慢，慢得令人替她心焦，特別是吃飯快速的小孩，像我。一口一口慢慢地吃，細細地嚥。而且不知爲甚麼，吃一筷子嘴巴就像給塞滿了，金魚一般鼓漲著腮幫。一桌子人都吃完了，她還倚在桌子邊，慢慢吃那魚，把魚刺剔乾淨，像生理衛生課的女老師在作解剖分析，最後只賸下一條魚的骨骼圖案；又喜歡吃魚頭，把魚腦子啜吸出來，所以我們小孩子常常私下彼此告誡：別搶魚頭，魚頭讓給乾娘。

吃飯一吃腮幫便鼓漲起來的女人，相書不知可有甚麼講究忌諱？我沒有研究過麻衣相法，不敢妄擬。《紅樓夢》寫過許多女性團團一桌吃飯的場面，但很少寫她們的吃相，除了劉姥姥。閱讀《紅樓夢》，我常常下意識地覺得：「二木頭」迎春吃起飯來可能就是乾娘那種模樣：兩人的下場都是極早凋謝，也極悲涼。

曹雪芹也寫過「小可愛」史湘雲手忙腳亂搶吃鹿肉，但也只是突顯她的嬌憨，不及她的吃相。

乾娘除了吃飯奇慢，日常行事無一不慢。尤其是梳洗化妝，更是慢得像烏龜仙鶴—也難怪古人拿牠們來比擬人之長壽。

乾娘因爲及笄年華便嫁給了富貴人家，養成了一種遲睡晚起的「少奶奶」習慣；往往是不到日上三竿不起床。起床後傭人打上洗臉水、香皀。她捲起衣袖來，慢慢搓洗著胳臂，然後再洗臉洗脖子，花費了大片的時間；要是她肯瞟一瞟座鐘，都快晌午了，而她的「早事」，才忙了不及一半——她還沒有去盥洗間，坐抽水馬桶，對鏡貼花黃呢。

民國十年左右，上海流行一本社會小說《歇浦潮》，寫過一位積年的鴉片煙鬼吳四奶奶，盥洗的動作也是極慢——那時她的腳還是小腳，所以等女傭伺候她洗腳、裹完腳上床睡覺，午夜已經變成黎明了。

看到《歇浦潮》這一段，也使我憶起乾娘。

古代的中國，男性眞是聰明，要是一般女性，在日常的起居生活上要花費掉這樣驚人的浩蕩的大片光陰，還有多少時間去思考與一己生活無關的治國平天下大道理呢？

六

乾娘的生活次序雖然慢了半拍，「跟不上生命的胡琴」，但時代的腳步卻是急遽匆忙地，把她遠遠地拋在後面。

日子雖苦還是得挨，還是得過。八年抗戰過去，勝利到來，並沒有帶給乾娘一線曙光。反而窘蹙的生計逼迫她通過人情的關說，在一家銀行（好像是中信局）找到一份打字員的差事。

乾爹呢？聽說還是常跑「交易所」（也就是今日台灣俗稱的「號子」），「做一點小生意。」乾爹自謙地說，母親也沒細問。

那時候上海的證券交易所，制度不健全，作興買空賣空，有所謂「大魚食小魚」一說。乾爹自小便跑交易所，曾經虧損過大筆錢財，但他實在身無長技，不跑這傷過他心的「涕淚之谷」也無處可去，所以又跑起來；他一肚子的股票經，談起來眞能唬人，套句上海人打話，「苗頭勿是一眼眼」呢！

中國大陸總崩潰前夕的上海，百物騰貴，幣制不穩定，一夕數變；再加上人心惶惶，一會兒去擠兌黃金，一會兒又鬧米荒，大家搶著去「軋大米」，上海市面沸騰鬧熱得像一鍋滾水。

那時候我十四歲了，已是個懂事的大孩子。我去過乾娘家幾次。

他們一家三口，租住在虹口、施高塔路一家人家三樓背後，說不出來是亭子間還是走廊，不過總算是一間有燈光的屋子；可是奇小，小得像黃浦江裡的一隻小划子，乾娘乾爺躺在床上，我就站在床前侷促地跟他們說話。

郁達夫在一篇美文裡，形容他在北京的住屋是「一椽小屋」，乾娘那時的托身之所，就是那樣了。

除了一張大床，屋子裡甚麼都擱不下，眞的是家徒四壁。母親潘老太太也就是他們的廚娘、僕婦。她睡在哪裡呢？大概在走廊（也就是廚房）的煤球爐旁邊搭張行軍床，到早晨起來又拆掉了。

要是這樣的人家膽敢告訴別人：二十多年前他們曾經擁有南市整條街、整條弄堂的店舖、房屋，像母親說的，別人一定以爲他們想房子想得發瘋了。

潘家「奶奶」看見我總是很親熱，拉著手問長問短，一口鎭江鄉音，又喜歡塞給我一些吃的東西，帶笑著說：「要是賢芬在，跟你一樣大了。」她總是忘不了她死去的孫女。

要是跟我同齡的賢芬在，要她睡在哪裡？我走下那黝黑曲折顫巍巍的樓梯時，這樣想。

乾娘乾爺的衣裝仍然光鮮時髦，絕對讓人想不到，他們是住在那樣擁擠不堪的環境裡。乾爺出去依舊西裝筆挺，有時候戴一頂（盛錫福）出品的呢帽。

乾娘照樣燙髮、化妝，粉白脂紅，有幾件顏色鮮豔的織錦旗袍，還有一件海虎絨的冬大衣、高跟鞋，或者「小花園」的繡花鞋；走在那時還稱作「十里洋場」的上海街頭，誰人敢說她已經不再是闊人家的少奶奶？

喜歡取笑別人、帶有深刻犬儒（cynic）風味的上海人，對於這一類型的人，有一個稱號：「空心大佬官」。

傳說乾爺還有心思、時間在外面拈花惹草，鴉片倒是戒掉了，是母親套問出來的，一方面也是手頭緊，實在抽不起了。至於人窮了還想享「齊人」之福，上海人又有打話，叫作「窮開心」，又把那上鈎的女人，稱作「倒貼」。

七

終於發生了一件驚天動地的大事——上海「解放」了，共產黨來了。在頑固封建、無藥可救的上海人舊腦筋裡，這不叫「解放」，叫「改朝換代」。

我就聽見乾爺說：「共產黨來，怕甚麼？叫幾個舞女去『放盤』不就好了。」

「放盤」是當時上海的市井語，想必是陪共產黨幹部花天酒地一番的隱語。也祗有乾爺這樣腐敗的人，說得出這樣不明世事、荒唐不經的話來。

但是，共產黨的到來，對我家的衝擊要比對乾爺家大得多，原因是我家的大姊夫，是國民黨軍隊潰散後殘留在上海等待「解放軍」收編或者發落的散兵游勇。

常常聽人說，天塌下來了，共產黨來了後，我們全家眞的感到：天塌下來了。

首先，我們變成了逐水草而居的鼴鼠，得經常搬家——不過並非整個地搬，而是帶著細軟，住到外面去，親戚家很少（他們這時逐漸開始「變臉」），多半是旅館，爲了害怕公安人員帶著「解放軍」來把大姊夫抓了去。

居無定所對大人來說是一件苦事，對小孩卻是新鮮有趣，特別是半大不大、半懂不懂的孩子，像我。有一次，我們住在舊名愛多亞路的一爿大飯店裡，大清早爬起來，我親眼覷見一個穿著暗紫羅蘭喬琪紗的年輕女人，從一間房裡走出來，門啓處，我瞥見一個跡近全裸的青年男子裹著被，躺在床上，從床頭的香煙聽筒內，拈出一根煙來，叨到嘴上。

門兀自半開著，有煙味從門內散出來，我從飯店的五樓走下去買油條，門口麕集著一大群的三輪車，其中有一輛，正坐著那位剛從門裡走出來的窈窕女郎，裹在暗紫羅蘭色的喬琪紗裡。

在車夫一大片淫猥的笑聲中，女郎被載走了，她的家想必就在間壁的四馬路上，一間間掛著小白燈球的房子內。

東頭緩緩來了兩三輛收集水肥的塌車，用人力推挽，車伕都是花白了頭的老人，揹縴一樣，拉著一列晃晃蕩蕩臭氣四溢的車隊，輾過清晨亮瀅瀅的柏油路面，有車轔轔、馬蕭蕭的氣概。

初夏的驕陽，從他們背後射出千萬條金光，有舞台燈光的旋轉效果，因爲有晨霧正在宕漾開來……

是這樣難忘的一幅畫面，帶東帶西，快半個世紀了，到今天才有機會在子夜幽靜的美國家中寫了出來。

八

母親想袒護大姊夫的心意，遭到一些近親的無言抗議，他們只想母親把大姊夫交出來，由「當局」去處理，因爲聽說「當局」說過「坦白從寬」的話，想當然不至於嚴懲。

幸而母親沒有聽他們的話，否則大姊夫早在韓戰期間，充當了第一批抗美援朝「志願軍」的砲灰。

他們這樣積極勸說母親（當然沒有直說），其實情有可原，因爲害怕受到株連。我們來自蘇北的人，一向是「樹葉子掉下來，都怕打破頭」。

這時候還沒有流行「識時務爲俊傑」的說法，但是有的人悶聲不響，靜觀其變；也有人蠢蠢欲動，想靠攏了。像大姑父的跛腳兒子楷楷，原來是在交通大學「臥底」的中共職業學生。「天亮」以後，他的身分也就宣告大白。「原來是個共產黨。」母親用驚訝的口吻說。

聽說他表現得最爲熱情積極。杵著柺杖，壓著他親妹妹船船的肩膀（那時男女不平等，女孩子在一般家庭，無論貧富，都可以當丫頭來使喚），一拐一拐，走到交通大學的民主廣場發表演說，控訴國民黨政府的腐敗罪惡統治。

像這樣靜極思動的人家，我們事先毫不知情，一頭奔了過去，自然被帶著一臉微笑的大姑父，又一頭被客氣地趕了出來。

記得魯迅在一篇小說集的序文裡說過，「小康人家遇到困頓，敗了下來，最能體驗到人情的嚴峻冷酷。」（手邊無書，大意如此）。我家當時因爲還有錢，尙不至於悽慘到魯迅所寫的地步，但已經感到天羅地網，無處可以遁逃了。

開過幾次家庭會議，乾爺乾娘因爲人微言輕，沒有在邀請的名單內。會中我是無言的旁聽者，覺得大人們總是各說各話——多半站在利己而不利他的立場，推諉責任，結果弄得母親益發猶疑畏葸，不知所措。

記得我最親近的大舅舅說過這樣的話：「總是要共產黨把我關起來，用大拇指吊起來，我才肯說出實話——」

這是甚麼話？當時我小小的腦袋給舅舅的這句話弄迷糊了：這話是表現他的義氣，他的激憤，還是他的畏懼？（也許三者都有？）

霎時間，我家的親戚都一個個變成了言辭曖昧閃爍的人，說的話令人匪解，像詩人。

又有一次大型會議，連乾爺乾娘，還有潘家「奶奶」也參加了。這次他們作出了比共產黨還要厲害的荒謬決議：想「扣」下我家一隻四角釘著白鐵釘的黃牛皮箱，這隻皮箱在我們「逃亡」期間曾經在至親中間傳過來遞過去，因爲害怕被當局搜查了去——也許整隻箱子都塞滿了金條美鈔，我的那些舅舅姑丈姨夫一定這樣想。

他們的藉口是：箱子裡可能有一些見不得人的文件。萬一給當局查了出來，那還了得？

他們要把箱子打開來，看看裡面是甚麼東西。

還是看明白了放心，他們又說。

明明是爲了錢，他們卻不肯明說，眞令人氣結。

母親也急了，氣急敗壞地說：「這是春如（先父的名字）留給我下半輩子的生活保障，你們要打開來看，先去祭拜了春如的亡靈再說。」

父親的名字一被提及，因爲他過去顯赫的官位，立刻有一股震懾人的陰風欷欷罩了下來，大家一時無言，靜了下來。

我那時還是個少不更事的孩子，氣得兩手發抖，拎起那隻黃牛皮箱對母親說：「走，姆媽，我們走，不要理這些人。」

眾親戚一時給我這魯莽的舉動震呆了，有點不知所措，他們是寧可走人，不可走貨的——這價值非凡的皮箱說甚麼也要留下來。

還是潘家「奶奶」世故深，她一手挽住了箱子的搭絆，對我說：「寶寶，不要這樣，我們這都是爲你和你母親著想，爲你們好！」

「甚麼爲我們好。全是想害人，沒有好心。」我氣憤地說。

潘家「奶奶」也像是掌不住了，也有點生氣地對我說：「寶寶，你快不要這樣說，你前面的路還黑得很，以後日子不曉得怎麼過呢？」

這話由飽經憂患世故的潘家「奶奶」說出來，令人不寒而慄。五十年後，這話還清清楚楚留在我耳朵裡，沒有忘記。

箱子終於給留下了，不過沒有打開，算是一種妥協吧？

「恐懼是個千面人」，有著各式各樣千變萬化的面貌。共產黨來了，大家意識到大難將臨，心懷恐懼，可又不知何應對，於是日常的生活行爲反常，這是五十年後讀了一些書，對於當年我的親戚一些不義行爲所作的哲理解釋。

九

但是共產黨並沒有派解放軍來把大姊夫抓走。也許是母親過敏過慮了，無事忙，彷彿有錢沒處花，非得去住大飯店，花掉幾張鈔票才甘心，瞧母親的臉色，也像是這樣想。所以一時我們又回到家裡，不過在愛都亞路那家大飯店五樓的一間房並未退掉，有時還會去住，在那兒開家庭會議。那件「扣」箱子的事件，像是從未發生過。「大家都是快刀斬不斷的親戚」，張愛玲會這樣說。

上海的市面迅速恢復了正常，彷彿比「解放」前還要興盛熱鬧。茶館酒樓、南京路、外灘，照樣擠滿了人，「改朝換代嘛」，聰明世故、犬儒味十足的上海人這樣想。「日本人走後嘛來了國民黨，國民黨去了嘛又是共產黨，這趟總不會又是『一蟹不如一蟹』吧？」無奈又無聊的上海人在泡澡堂時又這樣設法安慰自己，「自說自話」。

又有人把這段短暫的好日子形容爲「解放蜜月」。

但是伶界大王的梅蘭芳要出山恢復演出總是好消息吧？梅蘭芳，梅博士，這位定居在上海馬斯南路的名藝人，是上海人心目中的最愛，也算是「同鄉」。他都要復出，表示共產黨多有「苗頭」（辦法），這樣的政府，怎麼不值得你我的信賴？

消息在小大報上不脛而走，無聊有錢的上海人，驚魂甫定之餘，又死水微瀾暗暗興奮起來了。那時候梅蘭芳博士，要比毛澤東主席的知名度還要高，還要響亮——毛澤東三個字，叫起還有點繞口、生澀，不習慣。

上海街頭穿梭來往的電車、無軌電車、公共汽車車身上，貼滿了毛澤東、朱德的大幅照片，像今日的招貼紙。兩位「今上」（《紅樓夢》裡的用語）都穿著草黃色的軍裝，敞著領口：上海人看慣西裝筆挺的洋人，或者長袍大袖的「聞人」，第一講究「先敬羅衫再敬人」，看見這兩位不大面熟的大老闆，不衫不履，感到不大順眼。

還有大街小巷響起的小鑼小鼓，一小隊一小隊的青年男女，無錫「泥阿福」一般，塗著白堊腮紅，不害臊地扭著屁股，打著腰鼓，號稱秧歌。見怪不怪的上海人，看著也覺得世界果真變了，這新來的「爺叔」嘛，「花頭」（花樣經）倒是滿多。

十

有一天晚上，快十一點了，蘇北家鄉來了個熟人，我們稱他爲莊家老爹的。聽那爬樓梯笨重的腳步聲就知道是莊家老爹來了。

莊家老爹是我家的熟人，每年都會到上海來一兩次，替我家帶來佃租，是家鄉替我們管理田產的姑母托他帶的。他跟姑母沾上點遠親的關係，所以稱呼姑母爲姑太太。

莊家老爹每次到來，例必受到母親的盛意款待，晚上就睡在客人房的一張小床上，不過第二天他一定會回去，從不會耽擱上兩天。

莊家老爹在我們小孩中間，是既受歡迎又不受歡迎的人物。一方面他帶來了家鄉的土產：蔴糕、蛤蟆酥、老虎腳爪，這是受小孩歡迎的；另一方面，莊家老爹不喜歡洗澡、洗臉，身上總有股味兒，誰坐在他旁邊跟他一桌吃飯，誰就得忍受那味兒。他天性木訥，一認眞一急舌頭便大起來：一件極簡單的事，聽他道來，就變得結結巴巴的，眞是急死人，恨不得替他說個清楚。

也許因爲口齒上的不便，養成他說話的時候，喜歡拍大腿，拍屁股的習慣，又連連加上蘇北的口語「晦氣，晦氣」，更加引人厭煩，所以每當莊家老爹一開口要講家鄉的新聞時，我們小孩子便悄悄地走開了。

一個人的缺點，有時也就是他的優點，莊家老爹因爲「開口難」，形同「弱智」的人retarded，無法翻弄是非——要聽他講清楚一件事情的前因後果，得耗上許多工夫，加上人很老實可靠，忠心耿耿，所以大戶人家很喜歡他到鄉下替他們「代步」，催收錢糧，商會會長方曉東也看重他這點「專長」，派遣他幹這幹那，這幾年眞像儒林外史裡說的，「著實『跑』起來了。」

但是莊家老爹這點爲眾人推崇的優點，今晚卻變本加厲，成了他最大的缺點。坐定以後，老爹喝了半杯熱茶，母親熱切地想探問一下家鄉「解放」後的情況，神色慌張的老爹，卻是失去魂魄似地，再也說不清楚。

莊老爹氣色黑黑的，人看起來也比一年前蒼老憔悴得多。接過傭人遞過來的一盤煎糕，吃了一塊，又喝了口茶，忽然帶點結巴地說：「我這趟來上海，是請了假的。」

這話答非所問，我們聽了一頭霧水：甚麼請假？向誰請假？是向方曉東會長？還是他的老婆？這時，老爹又從荷包內掏出一張字條來，原來是當地人民（縣）政府發給他限定某月某日出入境的公文。也就是日後大家口中的所謂的「路條」。

老爹略帶戲劇性的笨動作，帶給大家的，不是哄笑，而是掠過臉上的一絲驚恐：母親睜大了眼，更是嚇得一句話也沒有了。

母親心頭可能有千萬個問題堵在舌尖，可一時犯了老爹同樣的老毛病，結巴得說不出話來。

老爹也不顧母親的反應，又急急忙忙從靛藍色印著白花的包袱內，拈出來一個沉甸甸的銀皮紙包，雙手捧著，遞給母親，一面繼續他的結巴腔：「這是姑奶奶交……交代我來交給大少奶奶的，請……請你親自點一下。姑……姑奶奶說，鄉下不太平，還是帶……帶到上海，你……你親自保……保管吧！」

儘管我們了解老爹的說話習慣，在夜深人靜的時候，眾目睽睽之下，聽來就像他是在接受審訊，而他害怕到極點，上氣接不到下氣了。

銀皮紙包裡是母親的首飾，本來寄存在姑母那裡，連日本人佔領家鄉的時候都沒有移動過，而現在……

母親蹙起了眉頭，把那觸目驚心的銀皮紙包接了過來，連道謝也忘了說。

那天晚上，莊老爹就住在我們家裡。太晚了，我們小孩子都去睡覺了，母親還陪他坐了很久，談話的內容，我就不得而知了。

莊家老爹第二天又去找我舅舅，後來聽舅舅說，老爹這次帶了許多錢出來——想必都是「袁大頭」（銀圓），預備好好地吃一下、玩一下，享受一番。「這輩子苦了一輩子，與其留給共產黨，不如拿來花掉。」老爹犯了彆扭勁，賭氣地說，又要求舅舅叨陪他幾天。「結果呢，眞是又好氣又好笑，扶不起的阿斗，甚麼都嫌貴，這個不捨得吃，那個不捨得買，住了幾天，渾身不帶勁，又乖乖地捧著一大包錢回家去了，船票還是買的三等統艙。」舅舅笑著告訴母親，一面搖著頭。

母親聽了，卻笑不出來，眉頭越發深鎖了。

其實，那天深夜，母親已經從莊老爹口中聽到許多不好的消息：商會會長方曉東給逮起來了，因爲他是國民黨，據說要進行進一步審查。解放時間較久的皖南地區已經開始了「土改」，發生了一些老爹說不上來的恐怖事情，聽說弄死了一些地主；姑母也準備把手裡的田產交出來，捐給政府……

這一下像《紅樓夢》裡說的，「大家都撞在網裡了」。

十二

舅舅走後，母親陷入極大的憂鬱之中。憂心忡忡的母親，獨自坐在窗前，一語不發——她又不會學著乾娘，手裡拈著個繡花繃子，讓「綠肥紅瘦」來寄託愁思；她只是像泥雕木塑的偶像坐在小小的神龕裡，恁誰也叫不醒來。

「又發老毛病了，不要去吵你們的娘。」傭人們悄悄地囑咐我們小孩子，所以我們在家裡走動，都是輕手輕腳，連咳嗽都不敢高聲。開飯的時候，他們推我作總代表去稟告她：「姆媽，吃飯了。」她也只是低低地說：「知道了，你們先吃吧！」逢到生氣或者有大事煩心，她總會不言不食，一連持續好幾天。

最後她在飢餓的清醒中作出了最大的決定：離開上海。這念頭她早就有了的，這次莊老爹訪滬，親耳讓她聽到「路條」一說，還有一些地主「被弄死」的新聞，才是她作此決定的眞正催化劑。

她拿出一包一碰便會叮噹作響、聲音清脆悅耳的「大頭」來，叫大姊陪著大姊夫到外灘怡和洋行去購買到香港的船票（那時候「蜜月」期間，港滬交通仍然暢通，並未中斷。）

香港不過是個轉運站，最終的目的地是台灣，母親對我們說。在台灣，有許多父親生前的門生故舊，總有法子好想。要不然，找不到人幫忙，苦撐幾年再說。

「苦」撐是需要錢的。母親心想，身邊帶了足夠的錢，就不怕苦撐了。

母親的這一決定是對的。

船票到手，母親的憂鬱一掃而空，家裡恢復了往日的空氣，就像是我們已逃離了上海，重獲了一線生機的樣子。

母親又吩咐我們要謹慎保密，傭人面前第一不能提！至親好友面前也要做到「一字不漏」，包括最親的大舅舅在內。小孩上學碰到要好的小朋友同學，也不許說「我家要去香港了。」一個多月前共產黨沒有來的時候是可以的，現在不可以了。

「要不然，將來沒有『路條』，哪裡都不能去，就要在上海待一輩子。」母親怕我們得意忘形，嚴厲地說。

嚇得最小的么妹哭了起來。

十二

就在這祥和快樂的空氣裡，梅蘭芳博士重披花衫，即日登台的消息在上海媒體上炸彈開花般爆發出來。這消息醞釀了一個多月了。因爲中間有許多猜測，有家小報還說，梅博士早到香港去了，害得梅博士不得不在《解放日報》（舊時的《申報》）上「闢謠」。現在，這個萬人迷的京戲花魁終於要跟他的戲迷重逢了，上海人的「美夢成眞」，怎不令人興奮？

母親是個標準的梅蘭芳迷——那時候全國上下，士農工商，甚至販夫走卒，誰不知道梅蘭芳？我就親耳聽見家中洗衣服的吳媽在搓洗板上使勁洗著衣服時，對燒飯的吉媽說：「那人長得好齊整哪，像梅蘭芳。」

「那人」可能是指「他」，也可能指「她」；原來梅蘭芳的美可以借來概括形容雙性的美。我就在報上見過一張溥儀皇帝的婉容皇后，模仿梅蘭芳的時裝照片。

母親笑著對我們說：「剛巧碰著我要離開上海，也算是替我送行了。」母親的言外之意，這也算是雙喜臨門了。母親接下來低低地又說，近乎自語：「這大概是我最後一次看梅蘭芳的戲了。」

不想一語成讖。

此後她果眞沒有再看過梅蘭芳，卻不是因爲離開了上海。

當時我們渾然不覺。在喜孜孜的空氣裡，我孝順十足地自告奮勇，替母親買票去。母親破天荒地允許了我的所請，也許爲我的孝心所動——平時她是不許的，因爲上海的路上，流氓歹徒太多。

臨行的時候，母親又吩咐，替全家都買下票，再帶上乾娘的一張，因爲「看梅蘭芳，不能少了她。」乾娘也是「梅（蘭芳）迷」。

於是我從愛多亞路步行到中國大戲院，替全家大小買下了梅蘭芳博士第一晚演出的戲票。

十三

梅蘭芳重作馮婦的打泡戲，叫〈奇雙會〉，戲院貼出的劇目單上還附帶上幾個字：「准帶三拉團圓」，表示不擺噱頭，從頭演到尾，不偷工減料的意思——反正要讓「梅」迷看個飽。

〈奇雙會〉是一齣崑劇，用笛子、簫、笙、月琴來伴奏，不用胡琴，典雅得很。梅蘭芳特別「情商」了兩位馳名的京戲小生姜妙香、俞振飛來助陣，凸顯了梅博士的別開生面、與眾不同，眞是滬語所謂「苗頭勿是一眼眼」。

（〈奇雙會〉是否果眞如此，因爲我非戲迷，年代久了，此文又全憑記憶出之，有誤尚請老牌戲迷當小說來讀。）

我們全家都換上了出客的衣服，到中國戲院去「看梅蘭芳」，因爲能夠看到梅蘭芳，不是一件容易的事，回家後會「唱唸」上好幾天；就像今日古典樂迷，能夠看一次「三大男高音」同台演出，終生難忘，是同樣的道理。

大姊還爲此特地戴上了結婚時的翡翠鑲金鐲子。

但是乾娘卻失約了，我們在戲院東張西望的，左等右等她都不來，急死人了——說好了在戲院門口碰面，一齊進去的。也許她還在化妝？也許她在耍大牌，知道梅老闆要在壓軸戲才上場，要等一個小時後才來——上海的看戲高手，往往如此。

但是戲院內已經響起鬧場的鑼鼓，伴著一陣陣急急風的音樂，接著傳出來一聲「京口」——頭場戲都開始了，是我最愛看的武打猴戲，有許多翻筋頭的表演，乾娘怎麼慢騰騰地還不來？

「這二姑娘眞是的，怎麼搞的？」母親嘀咕著，手裡拈著的皮包內，有我們的戲票，還有乾娘的一張。

人潮擁了上來，逼著我們朝軋票口擠，母親一看我那等不及的模樣，打開皮包，拿出戲票來，要我們先進去，她想跟大姊大姊夫在門口再等一會兒。

魚貫入場的看戲觀眾裡有很多是「老」人——細皮白肉的老爺太太，帶著他們的少爺小姐，不過衣飾收斂樸素了一點，不像往日那樣光豔奪目了，相形之下，我們這一群的衣著有點不識時務。他們默默地睨了我們一眼，這一眼「千言萬語，盡在不言中」，眞使我們感到自卑：想不到一個多月以前的大上海，衣衫襤褸，見不得人；現在天翻地覆倒了過來，反而是錦繡衣裝；令人羞手羞腳了。

不過我們實在顧不了這許多，我們就要去香港了，還不許我們高興一下，穿一點漂亮衣服嗎？管它呢？「橫豎橫了。」我這樣想。我想母親也是這樣想。

精彩的猴戲很快吸引了我的注意力，忘掉了周遭的不快與不安。第二齣戲更精彩，是名丑蕭長華的〈劉二當衣〉，他豁脫的京白，逗引得全場一片笑聲掌聲喝采聲，短短的一齣戲裡，他又識時務地加上了「解放」與「人民」的字眼——要是在遜清西太后御前獻演，他就會插入「聖母皇太后」的字眼了。

梨園界稱呼這一種口技爲「抓哏」。

一片哄笑聲裡，母親帶領著大姊、大姊夫入座來，依然不見乾娘的影子。——怎麼一回事？乾娘這麼喜歡看梅蘭芳，家裡發生了甚麼事？還是突然病了，不能來了？

回看一下母親，也是一臉忐忑不安的樣子。

十四

鑼鼓聲忽然變了，變得越發熱鬧清脆，加上「的的的」的小鼓聲，似在作出預告：「梅蘭芳就要出場了。」

舞台上的燈光暗了下來，有著西洋劇場「中場休息」(break) 的意思，但是沒有人到洗手間去，爲的是不想錯過：梅蘭芳出場時戲劇性的一刹那——那活色生香的一刹那，不親身經歷是想像不來的。

鑼鼓聲越加鼓譟起來。

大家都屏息著氣，忍耐著，等待心目中的偶像出場。

中國大戲院上下三層黑壓壓擠滿了人——三層樓上還有站著的，不知甚麼時候進來的？眞可謂萬頭鑽動待「梅郎」。而乾娘這時候還沒有來——她大概是缺席到底了——她到哪裡去了？

母親焦灼地朝入口的地方望去：「這二姑娘，眞是的……眞是的……」她的焦慮已經演變成不安了。母親是專門會這樣瞻前顧後，「發空愁」的。

我們違抗了母親的命令，誰都不肯到戲院門口去等她。都說：「大概不會來了，」又說：「待會兒乾娘萬一來了，請『案目』（滬語，指『帶位』），帶她進來好了。」

當時上海「看京戲」是有這一成規矩的。

但是我們沒有看見乾娘裝飾入時的身影，跟在一個「案目」後面走進來。

三層樓上有人捏著喉嚨，用上海話喊：「梅博士，梅博士」，全院的觀眾劈劈拍拍鼓起掌來，有著「催場」的意味，情緒非常熱烈激動。

燈光再度亮起的時候，彷彿燈泡也換過了，白花花的，像大白天——梅迷觀眾一時瞇縫了眼睛，上海人都變成大鄉里了。

母親這時也變成了鄉下人，指著舞台中央，低聲說：「你們看！」

呀！好鮮亮的一堂「守舊」（兩張有靠背的椅子，夾著一張正方形的桌子）！「守舊」是指月白色的軟緞椅帔、桌圍，上面用朱紅夾銀的絲線，外加許多金色的小圓片，拼繡出一朵朵織錦似的梅花來；椅帔和桌圍的中央，用同樣的質料繡出佬大的字，是一個大紅的「梅」字。

燈光又暗了下來，鑼鼓緊緊扣人心弦地敲著，這是一個 cue（提示）：梅大王要出場了！

燈光再亮的時候，睽隔了四年的梅蘭芳（一位永恆的古裝美人，身分是大家閨秀）在一名丫環的扶持下，娉娉婷婷地出場了。

掌聲春雷般響起來，夾雜一片傳統的叫好聲。

（這一種叫好聲，彷彿被人掐住脖子，一口氣喘不過來，「呃—呃—」拖得很長然後一頓，再迸出一個「好」字來，今日已經失傳了。功力不好的戲迷，是喊不出來的，一方面，戲迷跟名伶也有互比誰的嗓門嘹亮的意味。）

梅蘭芳穿著一件鵝黃軟緞「青衣」衫子，上繡著粉紫色的穿花蛺蝶，襯著那一堂月白色的「守舊」，朱紅梅花，好看得緊；又有一頭貼著水鑽亮片秋香色珠翠的「包頭」，一動便閃閃發光，晶光四射。

「五色令人盲」。眞讓人看得眼花撩亂，說不出話來。

梅蘭芳扮演的是一名貴婦，閨名桂枝，嫁了位丈夫是知縣，所以是縣令夫人。劇情恍惚是說，她聽說丈夫接理了一件案子，犯人赫然就是她的父親，一位被冤枉的官員，所以她要求丈夫做主，在審理父親的時候，把冤情審出來；套一句日後共黨的說法：是桂枝要替自己的父親「平反」。

一個傳統的、觀眾一聽就懂的忠孝節義故事，梅蘭芳豐肩軟體站在台中央，用京白作出一番「自我介紹」，然後坐到那月白繡花軟緞的椅子上，啓動朱唇唱了一段崑曲，歌聲響遏入雲，像是廟堂之音；再加上伴奏的樂器不是胡琴，是簫笛月琴，聽來雅致得很，越發像是進入了古代庭院深深的書香世家。而觀眾自然毫不懈怠地，他（她）唱一句便奉上一個「彩」，再加上如雷的掌聲，聽得連母親也忘了乾娘缺席一事了。

小時候看戲，的確是看熱鬧，不懂得看門道。這時候我注意到樂隊的成員，跟剛才離開的一堆人又不一樣，他們一律穿著湖藍色的熟羅長袍，裡面是月白色紡綢袴褲，袖口翻轉過來，一片白霧。配著他們熟練的指法，橫笛豎簫隨手而轉。欣賞完畢那運轉如飛的指法，又去欣賞他們那修長有致的手指，上面配著黃金、翡翠、或是鑽石戒指，一樣地晶光四射，令人目不暇給，眼花撩亂。

他們年紀都不大，四十出頭的樣子，長得都很俊逸，西裝頭漆黑，轉動生輝閃亮。演奏暫停的時候，他們把樂器擱下，有的彎一下腰，有的拱一拱手，微笑著跟坐在前排的舊雨新知寒暄、打招呼，「唱個肥喏」，看來有種家常味，優閒得很，又顯得十分親熱。

十五

梅蘭芳扮演的桂枝份屬青衣，是穩重的大家閨秀，但一樣有一般女性的撒手鐧，便是嬌啼善哭，用京戲的方式詮釋起來，相當戲劇化：先是「喂—呀—呀—」一聲，表示受委屈了，接著，兩管月白衣袖，筆直地飛向上空，像兩根白管子，又在顫巍巍的嬌啼聲中直落下來，散為一群紛飛的白蝴蝶……

像這一套袖子功夫，聽說叫「耍水袖」，是青衣的特技之一。梅大王是公認的青衣祭酒，水袖功夫瞧他耍得那樣瀟灑自如，像敦煌壁畫上的「飛天」魔女，自然也是天下第一！

相形之下，兩位知名小生的笑聲——多半是表現少年得志，「哈—哈—哈—哈——」像初試啼聲的小公雞，又像錢鍾書說的，「養花的玻璃房子塌了」，較難為不懂京戲的小孩，像我，接受。偏偏〈奇雙會〉第一折裡，穿著大紅京服，所謂蟒袍玉帶的姜妙香，他的臉又不漂亮，是乾娘形容的「覓摸子」（蚱蜢）臉，使用這一種笑聲的機會忒多，配搭上梅郎的嬌啼哭聲，「遊龍戲鳳」一樣，聽久了不免生厭，而全場的梅迷，正看得目不斜視、如癡如醉呢！

於是我的一雙眼睛，開始在全場不老實地東張西望起來。

就在此刻，我一眼就瞥見乾爺低著頭，跟在一個頭角崢嶸像聊齋裡描寫的「夜叉」角色的「案目」後面，從入口處走了進來。

不知爲甚麼，我一看見乾爺就大吃一驚：怎麼，乾娘沒來，他倒來了？接著又不免替乾娘生氣：「這乾娘也眞是，好戲也讓乾爺先看，『嘗個新鮮』，這太豈有此理了。」

當然，看一趟梅蘭芳的票價，所費不貲，我便是在戲院的黃牛叢中擠購到全家的戲票。乾娘是舊禮教薰陶甚深的女性，藉此來表現一下她的三從四德，像京戲裡的旦角，也是可以理解的。不過，我覺得乾娘辜負了母親的一片心，也辜負了我這個做小輩的一片心。乾爺是個甚麼東西，他也配？

這時候，我們全家都看見乾爺了。母親也是一臉的訝異，我想母親此刻心裡想的，也跟我差不多。

不管心裡多麼不願意，母親還是不得不笑臉相迎，跟乾爺打招呼，一面示意他擠進來，坐在身旁替乾娘預留的那個位置上。

乾爺彷彿很不願意地坐了下來。他一坐下，我們便發現，乾爺今天神色有異，跟往日的他簡直換了一個人。

坐定後，母親忙問：「友琴（乾娘的名字）呢？今天她怎麼沒來，倒讓你來了？」

這也是大家想問的問題。誰知乾爺只是呆呆地坐在那裡，一語不發，台上梅蘭芳的「吹腔」歌舞，他像是無心欣賞——甚至可以說完全無動於衷。

乾爺的臉頰發青，也不知是不是沒刮的鬍渣留下的陰影？他看來像是熬過夜，一副疲累不堪的樣子。最令人駭怪的是：乾爺的金絲眼鏡架旁邊，竟然淹著一灘淚漬。

「怎麼啦，二姑爺，友琴又跟你鬧啦？」也許許久以前母親見過乾爺這副狼狽模樣，所以並沒當作一回事，帶三分諷刺不屑的口氣訊問。

誰知乾爺像是沒聽懂母親的問題，自顧自地說：「本來我想等你們看完戲才來的，後來想，看完戲不知道你們又到哪塊去，所以來了。」又莫名其妙加上一句：「遲了不好。」說完，低下頭來，一雙手掩住了臉，肩膀一聳一聳，像是在哭——果然在哭，只見乾爺哭得像個小孩子，滿溢的淚水從十指間流瀉出來：「我完全不曉得怎麼辦才好，大姊，」底下的一句話，說得極輕：「××沒了。」

母親就坐在乾爺隔壁，我們聽不清楚乾爺說的一句重要的話，母親是聽清楚了的：「甚麼？彥伯，你說甚麼？你說友琴忽然死啦？」

乾爺孩子似地點了點頭，一張臉掩埋在十指之間，哭個不休，那神情也像個靦腆的孩子，害羞得抬不起頭來。

「怎麼好好的一個人忽然就死了？」母親半信半疑地問乾爺，近乎自語。

這個消息不單對母親，就是對我們，也像是個晴天霹靂，聽呆在一旁。

乾爺抬起頭來，賭氣似地說：「我也弄不清楚，昨兒個姆媽（指潘家「奶奶」）陪她上醫院，她這幾天總說心口痛，不舒服，不想剛上三輪車，頭一暈，就……」乾爺說到這裡，已是泣不成聲，繼續不下去了。

在確定了乾娘的死訊後，母親張大了嘴，正準備大放悲聲，用家鄉的方式痛哭她的親妹子。轉念這兒是「戲園子」，這才勉強抑止住悲聲，可淚水早已禁不住流滿了一臉，只得打開皮包，掏出一方手絹來抹拭。

而台上的劇情不知已發展至何處，只見滿台站著穿紅色號衣的龍套，舉著「出將」、「入相」的牌子，嘴裡嗡嗡發出聲音，一時鑼鼓喧天，熱鬧非凡……

而台下我們這一排人間眞實的小小悲情隊伍，儘管母親壓低了悲聲，還是引起前後排一些觀眾駭怪的眼光，夾雜著一兩下噓聲：「要哭啥場合勿好哭？跑到此地來哭？看梅蘭芳碰上狄（這）種事體，阿要觸霉頭？『屈死』（台語的「夭壽」）還不火速回轉屋裡去哭？」

冷酷又「犬儒」的上海人，嘴上不說，肚子裡罵人的話，全寫在臉上了，而我小小年紀，在上海住久了，是「聽」得懂的。

他們在向我們下逐客令呢！

我們坐不住了，座椅底下像有把火似的。一個多小時前，我們興高彩烈地坐在這裡。看梅蘭芳，不想乾娘猝死的訊息，迫使我們戲未終場就得離場，是一件多麼掃興又令人惋惜的事。

小小的年齡，此事使我忽然憬悟到：人生處處潛伏著危機——這世界眞可以說是危機四伏，禍福無門！

後來我年齡大了，讀希臘神話，讀到三位掌司命運的女神，一同織布，織得不亦樂乎！然而，她們興之所至，隨時會將手下的一段織物，無論多麼錦繡美麗，一刀劃斷割裂，每讀到這裡，就使我憶起乾娘的這段「驟逝」往事。

出場的時候，我依戀地朝舞台方向望了一眼：梅蘭芳又換了一套泛著瀲灩絲光水紅色的戲服，站在燈火通明的台前，表演「她」的水袖絕活：兩筒白袖子，筆直地飛向半空，又紛紛化作小白蝴蝶，落了下來……

這是我平生第一次也是最後一次看梅蘭芳，所以印象這樣鮮明深刻。

不久我離開上海，也離開了母親，輾轉到了台灣，就讀台大期間，是在五〇年末期。有一天，我在圖書館的期刊室翻閱《時代 Time》雜誌，無意間發現上面有這樣一則消息：「梅蘭芳唱完他的最後一首天鵝之歌」。(Mei Lang Fang Sang His Last Swan Song)

梅蘭芳死了，死時好像剛滿六十歲。有人說，他死得早，逃過了文革一劫，相當幸運，可謂死得其時。

一個人死得其時，死得其所，也是一種福分——前世修來的呢！

十六

我們叫了幾輛三輪車，匆匆趕回愛都亞路的臨時住所，一路上母親已是哭哭啼啼，走進房間，她禁不住大放悲聲：「二姑娘啊，二姑娘啊，你怎麼比我先走一步啊！」乾爺也跟著嗚嗚哭了起來，而我們做小輩的，想起乾娘平日的爲人：她總是靜靜地坐著繡花、繡花，把成品無償無私地分贈給我們，我們用的枕頭套、拖鞋，小時候戴的帽子、兜肚，都是乾娘一手包辦的；講話從不高聲；也不挑撥是非……而這樣的一個溫柔性情的濫好人，竟然不得長壽。想到這裡，我們也陪著母親乾爺，坐在一旁靜靜地流著眼淚。

母親有個脾氣，遇到傷心的事，一哭起來便無休無止，所以我們誰都不去勸她，讓她哭夠了再說，不過大姊悄悄地出去囑咐飯店的茶房送上了熱水巾把、熱的茶水。

母親終於止住了悲聲，一面用毛巾抹臉，一面吩咐我們替乾爺遞水巾把、佈茶，又要乾爺寬寬衣。

（那時年長的男子常穿「中裝」，作客時外面的長衫可以脫下，露出裡面穿的月白色杭綢，或者象牙黃山東府綢袴褲，並不失禮。）

乾爺照做了，除下金絲眼鏡，用那熱氣騰騰的水巾把，慢條斯理地揩著面——這斯文的動作看來眼熟，原來是乾娘特有的。

母親看在眼裡，眼淚又忍不住撲簌簌掉了下來。相信母親此時的感應，跟我們相埒。

母親喝著茶，垂詢起乾娘臨終時的情形，又說：「二姑娘這心痛的毛病起小就有的，近年來也常發，我常勸她到醫院去看看，她總不聽，她這個脾氣老不改，就是不喜歡上醫院，沒想到這次發得這麼厲害……」

乾爺嗯嗯連聲點個頭表示同意，顯得有點尷尬愚蠢。不管母親怎麼解說，那是大人們的看法，我們做小孩子的，總覺得乾娘的死來得太突然，怎麼好好的一個人，說死就死了，好可怕，她又不老，四十歲還不到……那我們自己，是不是也會隨時隨地突然死掉呢？

至於臨終，乾娘說了甚麼話，乾爺也說不上來，只說他在交易所，一接到潘家奶奶的電話便趕到了同濟醫院，可惜遲了一步，她人已經「走」了，他是在太平間裡，跟乾娘道的別，臨終的時候，只有婆婆潘家奶奶一個人在她身邊。

母親聽到這裡又痛哭失聲：「二姑娘啊，二姑娘啊，你怎麼走得這樣可憐，不等我一等啊？」

母親與乾娘之間，相差不到一歲，姊妹情深，兩人常常連榻夜話；間或雙雙連袂去逛永安公司，看夜戲，姊妹間有著說不完的知心話，今日一旦無緣無故地，說她死了，教母親怎能不哀毀逾恆？

現在，輪到乾爺勸母親節哀順變了。乾爺紅著眼說：「大姊，你這樣捨不得友琴，我實在很感激。大熱天的，大姊也要保重身體。姊夫不在了，小孩子侄兒們都要靠大姊照料，萬一大姊不自在了，友琴怎麼過意得去呢？」

一席話入情入理，說得母親又掉下淚來——母親在悲哀的時候，很喜歡也願意接受別人的勸解。原來乾爺很能善體人意，口才也相當不錯。平常乾爺到我們家，知道他自己人微言輕，不受歡迎，總是來去匆匆席不暇暖，也不說甚麼話。今天是第一次聽見他說這麼多感人的話。不過平日聽見有關他負面的批評太多了……眼前是個煙賭嫖都來的花心浪子，一席話說得再好聽，也不過像是話劇的台詞（那時我看多了重慶時代的話劇），肉麻得很，像是從《野玫瑰》《天字第一號》裡學來的。

接著乾爺談起正在籌備中的乾娘的喪事。他提起一個在上海遐邇聞名聞人的名字，說這人已經關照過了，因爲死者是他最喜歡的「過房囡奸」（乾女兒，實指乾媳婦），要底下的人好好去辦。大殮出殯是選在康腦脫路的××殯儀館。乾爺是一個在外面「混世界」的人，他說的話一半帶著市井的術語，小孩的我，聽來似懂非懂的。可惜，那個震懾人心位於康腦脫路的名殯儀館的名字，此刻一點也想不起來了。

上海那時剛「解放」，許多大事還得要靠流氓出面，才行得通。

乾爺這番既中肯又漂亮的話，聽在母親耳裡，卻發生了極大的作用：眼前這個辜負（說是糟蹋並不過分）了她親妹子一輩子幸福的男人，總算天良發現，要在最後的時分，以豐盛的葬儀來禮（理）賠他一生的不是了。

母親用毛巾不住揩拭她流不完的眼淚，一面點頭，一面低低地說：「哎哎，應該的，應該的。」

好不容易母親止了淚。這時大姊他們已經叫茶房從外面端進來冷熱甜鹹點心，擺滿了一張小桌子。大姊替母親做主，勸請乾爺用一點點心，乾爺先是說「不餓」，又說「吃不下」，後來母親、大姊夫也參加了「勸請」的行列，乾爺這才委委曲曲地坐下來，舉起我們從家裡帶來的銀筷子，筷子中間，有一條細而短的銀鍊。

乾爺吃得慢，跟乾娘一樣——原來吃飯慢是他們潘家的家風，我們小孩子互相交換了一下神秘的眼風。乾爺彷彿從來不曾跟我們同桌吃過飯，他飯桌上的「吃相」(table manner)自然引我們小孩子極大的好奇，即或在今日乾娘噩耗的消極打擊下，也減少不了我們的注意力。

在緩慢的動作下，不知不覺乾爺已經吃完一碗喬家柵的油豆腐線粉。可憐！乾爺爲了哀悼乾娘，可能從昨天早上開始便沒有進食了，於是，母親又再請他「進一點，進一點」，他也就老實不客氣挾起一塊紅綠絲千層蜜糕，吃完了，又喝了一小盃冰鎮酸梅湯，這才放下了銀筷子，很有禮貌地說：「謝謝，大姊，不吃了。」

看在我這個不諳世事的小孩眼裡，稍稍感到一點奇怪：通常過度哀傷的人，是一點胃口也沒有的。母親便是這樣，她爲了哀悼親妹子的猝逝，整整一天一夜沒有進食，喝茶例外。

十七

乾爺走的時候，閒閒丟下的一句話，在我們一家大小中間，引爆的一陣震撼，不下於乾娘的死訊，他說：「友琴的事訂在後天，是星期二，到時候請大姊還有小孩子們都過來，我跟家母都會感激不盡」，又說他還要到大舅舅家去（報喪）（後來我閱讀明清小說，方知道嫁出去的女兒突然在夫家「暴斃」，死因曖昧，夫家會趕忙派人去娘家報喪，爲恐對方質疑、追究，甚至打官司；一方面也帶有「鎮壓」、「安撫」的不言之喻）。

乾爺急急如喪家之犬到中國大戲院來找我們，是否也帶有明清小說所指的「絃外之音」——他爲甚麼不等到戲散後才告訴我們這則消息？當然他這樣做又相當合理——他怕戲散後找不到我們，又怕我們到別處去吃飯；而母親是他第一個急著要通知的娘家的人。

乾爺接著說：「——到時候你們還沒有離開上海吧？」

母親先還在「喔——喔——應著，聽到最後一句，母親迷糊了，又像是震了一震：不對了，這二姑爺在說些甚麼呀？這樣機密的消息是誰洩露出去的？母親走在前面送乾爺下樓，我看不到她臉上的表情，想必是帶點驚惶失措的。我只聽見母親停了半晌方說：「哪裡的事，我們哪裡會到別的地方去。彥伯，你放心，星期二我們一定來。」母親那愉快響亮的聲音，像是換了一個人，完全不像是剛才沙啞著喉嚨嘶喊著哭她親妹子的那個婦人。

母親緊閉著嘴一語不發回到房間裡，這時候我們小孩子彼此面面相覷；年幼的么妹，嚇得似乎腿都軟了，爬不上樓梯去。

母親坐在飯店的一張豆綠絲絨沙發上，歪著頭想了想：「奇怪，這事彥伯怎麼會曉得的？一定是你們小孩子多嘴，跟傭人說了？」母親嚴峻地朝我們望了一眼，我眞怕碰見她眼裡射出的驚悸的青光。

我們小孩子立刻七嘴八舌搶著向母親爭辯，這樣大的事我們怎敢亂說？

母親看著我們嚇著爭辯時的可憐模樣，不忍心呵責我們，揮了揮手說：「算了，不要吵了，今天的事已經夠多了。」

母親怕的是，消息在親戚間曝光後，會有人向共產黨告密，那我們不但走不成，可能還會坐牢，因爲大姊夫的關係。

當然，這可能是母親的過慮——母親往往把甚麼事都作最壞的打算。她坐在那張漂亮的豆綠絲絨沙發上，近乎自語地說：「友玉（指大舅）倒不至於。彥伯這幾天正忙，想也不會。卜常（指大姑父）就難說了」。大姑父是以「背叛出賣」(betrayal) 在親戚間出名的，他做過的壞事，鬧過的醜聞，罄竹難書，限於篇幅，不能細表了。現在，他韜光養晦已畢，正在蠢蠢欲動，籌思「復出」之際，會不會出賣我們，向當局表演一下他的「大義滅親」呢？

豆綠絲絨沙發變成了母親的小小神龕，她身陷在一灘豆綠色的迷霧裡，一動也不動；我們小孩子又開始躡手躡腳、輕聲輕氣地表演那不時要演出的「啞劇」(pantomine)了。

臨睡前，大姊忽然「哦」的一聲，對我們說：「想起來了。」

原來她跟大姊夫到外灘怡和洋行去購買船票時，碰到一個熟人，也在那裡買船票，雖然彼此心照不宣，沒有打招呼。這個熟人是乾娘在中信局的同事，跟乾娘常有來往，也認識大姊。一定是她多嘴，傳給乾娘聽的。

大姊的解說，雖然替我們小孩子解脫了干係，並不能替母親分憂，母親只感慨地說了一聲：「不必再說了。『瓶口紮得牢，人口紮不牢』的」。

十八

乾爺走後，母親爲了痛悼她的親妹子，非但不食，而且不眠，眞正變成了一尊不眠不食泥塑木雕的偶像。第二天，晚飯後不久，我們這些毫無憂患意識的小孩子，在利用飯店的家具臨時搭成的睡舖上，一個個睡得鼾聲齁齁，一條條小豬一樣，眞是上海人的打話：「死人勿管」。半夜裡我口渴醒來，發現茶几上檯燈猶自亮著，母親兀自獨坐在豆綠色的沙發上，一動不動，那時候我眞想勸她：「姆媽，快睡吧，不早了。」但我不敢開口。

母親當時的心情，在相隔了近半個世紀後的今天，我比較能夠了解：乾娘猝死，等於暴斃，她手足情深，怎不痛悼？古人說的「兔死狐悲，物傷其類」，在這裡派上了用處。一方面聽乾爺日間的口氣，已經知道我們準備離滬，這替我們當時尷尬的處境，添加了變數與不安。乾爺知道了，親戚間一番耳語，還不全世界都知道了。走不成，就得把大姊夫「交」出去，而新婚燕爾的大姊，霎眼之間豈不成了「活寡婦」？——這是最壞的。另一方面，母親在考慮，拖著一大家子到了香港，人地生疏，在異鄉異地怎麼存活？萬一去不成台灣，豈不要在香港流浪？即使到了台灣，前途依舊吉凶未卜，儘管有父親的門生故舊在；萬一別人不賣帳，所謂「人在人情在，人死兩丟開」。何況台灣本身並不安全，萬一不久共產黨又把它佔了，豈不白忙一場？倒不如暫時留在上海，也許尚有轉圜之地；不過……

還有乾娘的死，引起她「女性自覺」裡潛伏的一種身世之感。乾娘的早逝，第一使她想起的是乾娘不幸的婚姻。如果乾娘嫁給了別人，像那個留學生，也許她就不會這樣快快地凋亡。親妹子的婚姻固然不幸，自己的婚姻又何嘗例外？夫君五年前因時疫症而死，等於另一種暴斃，婚姻又有何幸福可言？雖然有兒有女，到底年幼，眞可謂前途茫茫……

然而，千萬種憂慮壓她不倒，後天的「危機」才眞正壓倒了她，因爲後天便是乾娘的喪禮，要是不去呢，於理不合，於心不安，姊妹一場，臨了不去送她一送，說不過去；若是送呢？萬一友玉（大舅）當面問起來，是告訴他呢，還是不告訴他？

於是，母親深陷在豆綠色的絲絨沙發裡，一蹶不振，直不起腰來，也睡不著覺了。可惜當時我年紀太小，無法替母親分憂。要是像現在，能夠同母親面對面地談一談心，紓解一下她的憂思，她一定好高興！

可惜人間不如意事十之八九。

第三天，大家陸陸續續起床後，母親把大姊叫到豆綠沙發跟前，對她說，乾娘的喪事，她不想去了。我們小孩子，大家正在七手八腳整理舖蓋，聽了不免暗暗吃驚：怎麼前天傷心痛哭成那樣，今天又忽然說不去了？

母親自有她的主意在，用不著我們小孩子多問——即使多問了也不會回答，因爲那是大人的事。

然後她又叫大姊，在沙發旁邊坐下，兩人的頭靠得很近，嘁嘁促促了好一陣子，大姊一面聽，一面點頭，臉上帶著一點天眞茫然的微笑。

「面授機宜」完畢，母親的聲音恢復了正常：「你要對乾娘『通誠通誠』（禱告），今天姊妹一場。我不能遠送，希望她能夠了解我這個做姊姊的苦衷；不過將來總有一天會見面的。」

說到這裡，母親已是撐不住、眼淚又漣漣掉了下來。

母親的個性內向，有一種多愁善感的基因，她的情感模式，較一般現代人的粗枝大葉，是更爲細膩深刻的。這種個性，說得不好聽，便是犯了「聖蒂門答兒」(Sentimental) 的毛病；這種毛病往往使她陷於無端的苦惱之中，不能自拔。

這種毛病尤其不適合生活在講「唯物史觀」的共產世界。

接著我又聽見母親說：「見到乾爺就說我中暑了，不能來。」

母親這一權宜之計，在今日的我眼光下，是有點駝鳥作風的：駝鳥遇見了敵人，先把頭埋在沙裡，尾巴卻翹了起來，也許因爲這一閃躲，弱點卻更加彰顯了。

母親這一決定，也突現了她保護全家的一番苦心。

替她想想，委實再想不出更好的辦法了。

十九

乾娘躺在一張白緞織錦舖成的靈床上，接受我們小輩的「瞻仰遺容」，經過了殯儀館美容師的化妝，粉白脂紅，跟生前一樣，但一張臉塌陷了下去，在白帳幔的掩映下，顴骨的陰影露了出來。

《慾望街車》裡，田納田．威廉斯寫過：死亡有兩面，喪禮 funeral 的一面，是靜靜的、美麗的；另一面卻是囂鬧的、醜惡的。乾娘的葬儀，讓我看到死亡美麗的一面；另一面，也是眞正的一面，並沒有接觸到。

乾娘一生最後的一次大事，果然辦得很體面，那上海聞人的「閒話一句」，此時此地發生了極大的作用：乾娘佔用了殯儀館最大最寬敞的一間靈堂，而且是給女性專用的，名喚「駕鶴廳」。

一進門，跨進靈堂之前，有一個小小的跨院（天井），有專人蹲在那兒不斷地焚燒著紙錢、錫箔、冥幣，讓乾娘在陰間也像她初嫁進潘氏門中的頭幾年，有著用不完的錢。

靈堂內佈滿了花圈、輓聯、弔帳。由母親出面、大舅舅擬稿、請人代筆的一副輓聯，掛在靈堂，僅次於乾爺的那副，顯著的位置，凸顯了乾爺對乾娘娘家人的尊敬。輓聯上寫些甚麼，恕我當時不曾細讀，此時背誦不出來了。

跨院內還有一張方桌，舖著大紅織金檯布，披著鵝黃薄紗袈裟的四五個光頭僧人圍坐著，敲打法器，鐘鼓齊鳴，夾雜一片梵唄之音。

乾娘的「駕鶴西歸」，一剎時因爲這支小小的樂隊，變成了一場豐富之旅，好不熱鬧！

母親因爲悲傷過度，在飯店內中了暑（其實這理由相當牽強，因爲上海的高級旅館，是有冷氣無限期供應）的藉口，也由母親的全權代表大姊，向乾爺面陳了。乾爺乾巴巴的臉上，掠過一絲驚訝，跟站在他身後的大舅，交換了一個我形容不出的眼色。

其實，那天有一個我們不曾注意到的事實，便是乾娘的婆婆潘家奶奶也缺席了。據大舅後來到我們家來向母親報告：她累壞了，也中了暑，躺在床上起不來。

乾娘生前最後一個看見她的人，便是潘家奶奶。

那天來殯儀館弔唁的賓客很多，一批批地湧進來，多半是潘家的親友，夾雜一些穿著打扮像流氓的朋友，可以想見乾爺平日交遊的廣闊面。

人越來越多，蠟燭、線香，旺旺地燒著，廳堂內一片香煙繚繞，氣溫加上人氣越來越熱，大姊想帶我先走，母親早就囑咐過她：「天熱，不要多待，早點回來。」

但是我們還是不得不耐心地等待著行禮。

行禮的時候，我們炷著香，跪下去，又爬起來，又磕頭。俯身下拜的時候，我聞到花圈架上飄過來的金盞菊 (marigold) 刺鼻辛辣的氣息，以後一聞到金盞花的氣息，就想起乾娘的喪禮。金盞花簡直就是死亡之花了。

快離開的時候，果然不出母親所料，大舅將大姊叫到一個人靜隱僻的角落，仔細詢問我們全家買船票到香港去的事。消息果然走漏了，而且傳得很快。不過大姊也是有備而來的，只見她面不改色地對她的「審判官」說：買船票的事是有的，不過，只買了兩張，是她和大姊夫想走。母親並不想離開上海，因爲——她年紀大了，又有血壓高的毛病。一時瞞著大家，因爲實在不好說。母親吩咐過，萬一今天遇見大舅，大舅問起來，要據實以告，還要大舅舅代爲保密，別告訴別人……

一席「誠懇」的話把大舅打動了，只見大舅眼中露出了「不忍」之色——畢竟他是母親的親弟弟，同時臉上也有一種「如釋重負」、「放心了」的表情，母親留在上海是一個「人質」，共產黨萬一查問起來，與他無關了——可憐的大舅！

母親早上對大姊的面授機宜，發揮了一定的作用。她這一著棋下得很好，簡直有點像武侯諸葛亮的錦囊妙計了。

大舅後來到我家來向母親報告：乾娘的棺木好漂亮，不知道潘彥伯從哪裡弄來的？母親說：「彥伯這個人你不要說，鬼靈精得很，這點事他辦得來，難不倒他。他對不起友琴，最後讓友琴走得風光些，也是應該的。」說著，母親又掉下淚來。

乾娘的靈柩，我因爲走得早，沒有看見，以後讀《紅樓夢》，讀到秦可卿的暴斃，「闔家都有些疑心」；還有讀到那王侯才能享用、「幫底皆厚八寸，紋若檳榔，味若檀麝，以手扣之，聲如玉石」的「檣木之舟」，都會想起乾娘來。雖然乾娘非比秦氏，我還是會作出這樣不近情理、奇怪的聯想來。

大舅一字未提，也沒有問起我們要去香港的事，他已經完全相信了大姊在殯儀館告訴他的話。

二十

母親的一片慈母心，似乎不能感動上蒼，「天道不仁，以萬物爲芻狗」，老子說過這樣智慧的話；以後發生的事，完全不是她想見到的——她不但沒有去成香港，同時失去了大姊，也失去了我。她留在上海最後幾年的日子，是在黃蓮擰過的苦汁中度過的。以她那種多愁善感的性格，我剛才說過，完全不適合住在「唯物史觀」統治下的上海。然而，很奇怪地，經過了五十年左右的沉澱洗滌，我心中的悲哀傷痛悔恨的成分減卻了許多，卻依舊無法將這段往事心平氣和地寫出來，只有再等幾年再說了。

二十一

往事已矣！乾娘的一生，似乎應該到此為止了，但是沒有，至少對我來說她沒有。在我童稚的心目中，她不是好好地歿於心臟病，像乾爺口中所說的；她應該像《紅樓夢》中的奏可卿，是自殺身亡的。而這一種疑團，有如《烈日燒身》(Burned by the Sun) 電影中那輪小太陽，時常在我下意識中沉潛浮現，炙燒著我的良知，我的良心，一直等到我年老了都衝動不已，要把它寫出來，方才善罷甘休。

至於母親、大舅，在乾娘噩耗傳來的時候，是否有過這一層疑慮，我不敢說，憑記憶所及，他們似乎蕩坦坦地，一點疑慮也沒有。但是，當時逢著兵荒馬亂，改朝換代，母親又急著想離開上海，一肚子心思，就是有疑慮也不敢表露出來，替自己憑添無謂的——或者說，更多的麻煩。「人心惟危」，老子這一說。的確，人心是一具複雜的機器，深不可測。但是，千變萬變，人心都是向著自己的，不會向著別人，說「自私」，似乎嫌過份。易卜生說過一句非常公正的話：「人為了活下去，往往變得只想到自己，不想到旁人」。(In order to live, men become egocentric) 易卜生之所以為文豪，實非過譽，而且自己是只能體會，說不出來的。

乾娘為甚麼想自殺？似乎也很容易解釋：她是經歷過大富大貴的人，上海的「解放」(又一次的改朝換代)，一定在她心中引起極大的震撼不安，當然還有恐懼，覺得未來一片渺茫，日子不知道會怎麼過？「日子只會更好」，那是共產黨自己的說法；人民的想法，是另外一回事了。

近因呢？當然出在乾爺本身。乾爺是個花心浪子，雖然已經「窮得嗒嗒滴」，還是要在外面「窮開心」；憑著乾爺那三寸不爛之舌，又加上「穿著不凡」，是個標準的空心大佬官，而這種男人在當時糜爛的上海，是很容易在女人堆裡混出名堂來的。這對於乾娘來說，眞是情何以堪？再加上上海社會生態的驟變，尤其容易引起乾娘的身世之感。她不比母親，她沒有兒女，可說是孑然一身，所以她用自己的手結束了自己毫無意義、無聊的一生。

任何事物經過文人的狡筆渲染，便順理成章起來了，這也是一般文人的通病，我又豈能例外？「書空咄咄」，「百無一用是書生」，我常常用這樣的話揶揄自己，「期勉」自己。

所以我的假設如果是乖誤的，只有請乾爺寬恕我了。

二十二

乾娘的故事沒有完全完。今年春天，放春假的時節，我在美國加州首府沙加緬度，重晤了我睽隔將近半個世紀的二姊，她告訴我許多遺漏的「童年往事」，包括母親的死，姑母如何「奮勇」獻產，最後保住性命，活到耄耋之年方才逝世種種。

大舅舅、大姑父、二姨父、二姨、四姨父……這些我童年熟悉的親戚，又在二姊的談話中復活了。點到乾爺的名的時候，我心想這樣的一個浪子，一定會受到新社會的唾棄，是萬劫不復的了。誰知二姊告訴我的故事，大大出乎意料之外：

「潘彥伯（很抱歉，我們家小孩子，對三等親的長輩往往直呼其名）還混得不錯，共產黨對這種人往往很好。像二舅，因為以前在國民黨做過事，遭遇就不是很好。」

二姊遠在民國三十三年便參加組織了，她是「過來」人，說的話自然夠份量。她輕描淡寫的一句話，又把我這個局外人震呆了，就像我當年乍聽見乾娘死訊那樣。潘彥伯還可能會翻身，有好日子過？剎那間我幾乎不能相信自己的耳朵，我聽錯了嗎？

當然沒有聽錯。細想之下，乾爺解放後的遭遇，是深合唯物辯證法那一套邏輯的。乾爺在共產黨的眼中，是一塊極好的樣板：一個在舊社會中無藥可救的爛仔，如何在新社會的救助教育下，重獲了新生——這是多麼感動人的題材。相形之下，二舅只是個投機份子，是個沒有多少價值的二臣，不值得黨的信賴，當然更談不上表揚了。乾爺不知參加過多少次「憶苦思甜」

大會，他傳奇性的故事，他的往事，不知博取過多少次與會群眾盈眶的熱淚，熱烈的掌聲！

但是，就我這個局外人看來，乾爺這樣做，是否也有「風」派（投機取巧）之嫌呢？

共產黨卻不這樣想，他們是眞心相信，乾爺的投靠共產黨是天無二日，人無二心的。

所以乾爺有好日子過了——至少比一般人要過得好過得太平，我想。

二姊閒閒的一句話，眞是一語驚醒夢中人！像乾爺這樣一個善變的、投機取巧的、識時務爲俊傑的壞蛋，有甚麼樣不要臉的壞事做不出來？

也難怪共產黨看上了他，俗語說：「王八看綠豆，看對了眼」，一點不假——這兩者之間，怎麼這樣登對？

共產黨令人詬病的地方，便是它把人心中搆不著的那點星星之火的壞，勾引了出來。

「星星之火，可以燎原。」毛澤東這樣訓誨他的人民。

但不能這樣的「燎」法—還是治「療」的「療」法？

乾娘眞是「所適非人」，她當初要是嫁給那個留學生，對方將來無論如何「三妻四妾」，也不會壞到這般田地！

所以我越發堅信，乾娘是自戕而死的。即使她解放初期不死，文化大革命期間，想必也逃不脫被乾爺出賣的命運。

一切莫非都是天定？此所以歐德茵・蕊奇那首「八竿子打不著」的名詩名句，此時此地發生了如響斯應的作用：

「當姨媽一旦死去，那雙飽受驚恐的手將會靜下來
卻依然匝陷在她以往被主宰的苦難中，
她製作的一隻隻黃絨虎
依然會縱跳如飛，趾高氣揚，無懼無畏。」

（贅語：以上這篇自傳性的小說，Autobiographical Fiction，本來也想取名爲《乾娘的選擇》。「選擇」一詞，也是得自蕊奇女士的靈感。她在一九七六年的一首詩中這樣寫：

Only she who says She did not choose is the loser in the end.
（只有說她不曾作過任何選擇的女人才是眞正的失敗者）

蕊奇女士筆下的「選擇」一詞，與一般的通義又有不同。她的選擇，是「一種過程」(of a process)，「一種變化」(a way of becoming) 而不是一種只能作「狹義講的鵠的」(a narrowly defined end)。

散文

西門町的飯舖及其它

一

搬到西門町後，我認識了幾家飯鋪。他們的菜肴都各有特色，也許是這一種特色，才吸引了不同階級的顧客吧？雖然他們出售的菜色一視同仁，並不像魯迅筆下的咸亨酒店，前來喝酒的人有長衫客短衣幫之別，因爲荷包有長短，供應的酒色也就「有別」了。九〇年代的台灣，與清末民初的江南小鎮，不同點大概在這裡，儘管憂國之士不斷指出：台灣社會的貧富差距越來越大了。

位於N街的一爿麵店，出售的不過是最普通的各色醬麵、不同的小菜碟，但因爲風味出眾，逢到黃金時段，來堂吃或者外賣的客人，可說擠也擠不上。可堪注意的一點是，碗裡的麵只有一筋的容量，充飢的作用不大，因此來就食的顧客群就以女性或者較爲秀氣斯文的男性爲主，間或也有一些屬於老弱殘兵之類，像我。而女性消費者之中，尤以上班族爲最，她們的衣著比較光鮮，目不暇視地吃著麵，彷彿心還在辦公室裡，害得別人也不敢多看她們一眼，怕因此得罪了人，喜歡玩弄名詞的魯迅，大概會稱她們做「淑女幫」吧？

也有拖兒帶女來的，母親因爲忙碌，多半瘦削，顯得兒女特別狼犺笨重，母親一律吃得少，張羅著小的吃這吃那，怕孩子餓壞了似的，「母瘦雛漸肥」，看著令人擔憂，不過很有點家常風味。

有一次看見一對父子——也許是兄弟，因爲年齡差距不大，父親四十出頭，頭髮蓬鬆，沒怎麼梳，他穿著林懷民謝幕時穿的那種衣裳，麻質的，有點縐紋——也許也是一位藝術家吧？那男孩尤其俊秀，實在可愛。父子倆——還是兄弟？不斷談著話，聲音很低，別人一句話也聽不進去，我那時候正在教一本康拉德的《秘密情報員》的小說，看著這雙「父子」，不免想起書中的反間諜維拉克，最後犧牲了他形同白痴的妻弟史蒂維。兩人同行的時候，看在妻子維妮眼裡，也常被視作父子。——可憐的維妮！

他們吃完了麵彷彿沒吃飽，又叫了一碗魚丸湯，一面繼續談著話，別人一句話也聽不進去。男孩子不時抬起頭來瞅我一眼，彷彿嫌我多管閒事。越發啓人疑竇了。

這是書空咄咄鬧出的一次笑話。

二

跨過N街，沒幾步路，是C街，在叉路口，有一家自助飯舖，也就是把炒熟的菜攤開來賣，任君挑選的那一種。我有一天吃膩了醬麵，跑進來換胃口，揀了幾道清淡菜色，坐下來一嘗，奇鹹！這才發現坐在周遭的食客也換了一批人：不再是「淑女幫」，而是眞正魯迅筆下的「短衣幫」：他們臉上身上腳上都殘留著職業的漬痕：水泥或是油漆：他們的食盤內小菜不多，白飯卻很多，堆尖滿滿的一大碗，分量是兩小碗，吃下去像是「結結實實的一拳打在肚子上」。他們臉色凝重地把嘴埋在飯碗內，也一樣地目不暇視，予人的感覺，除了不敢輕侮，還有俗語所謂的「吃飯皇帝大」！

我因爲菜的味道太鹹，吃過一次就絕跡不去了，不過，一般食客進餐時那種嚴肅深沉的臉色是不很容易忘記的。

三

我平時也吃日本飯，因爲日本菜不油不鹹，連炸出來的山芋片、茄子都是乾爽爽的，因爲沾著麵粉。西門町的K街上就有一家平民化了的日本料理店很對我的胃口，我常去光顧。

這家日本飯舖的營業時間很特別，每天要到下午兩點才開門，一到晚上十點便打烊，不肯多做一刻，像成了名的女明星喜歡替自己「設限」，這個不拍，那個不拍，與他平民化的價碼與作風不甚相配。

這家料理店也賣酒，多半是生啤酒，配合著生魚片賣，越發使人想起魯迅筆下的咸亨酒店，不過他們的櫃枱不是曲尺形的——根本就沒有櫃枱，顧客飽餐一頓後直接把錢交到掌櫃的店小二手中，聽憑他報一個數字，不必寫一個字，胸無點墨的店小二也做得來。

樓下的店堂很偪仄，坐不下幾個人，所以常予人生意鼎盛的印象。走上陡巍巍狹窄的扶梯——這扶梯又使人想起魯迅另一篇小說《在酒樓上》中的「片石居」飯舖——視野忽然一寬，原來是一處容得下十來桌枱面的樓廳。過道上還看得見一架運送菜肴的小型昇降機，英文俗稱 dlumb waiter 的。這樣的格局其實煞費心思，稍後再表。

樓下的牆上貼滿西門鬧區電影的招貼紙，以廣招徠，多半充斥著魔鬼、桃色、追緝令等字眼；有時也有「人肉」兩字，在飯舖裡眾目睽睽之下出現，瓜田李下，頗不相宜。巧在有一天突然撞見一幅《紅玫瑰與白玫瑰》的廣告紙，原作者的名字很小，男女明星穿著所謂三〇年代的時裝，顯得突兀，那天走的時候也忘了在廣告紙上端詳一下，看有沒有一抹「乾了的蚊子血」？

顧客的族群感很強烈，想必都是本省籍——當然在斯土上出生的第二代外省人也有人把河洛話說得很好的。這家店舖有一半顧客是「發」了的，穿金戴銀，衣服麗都，腕上滿天星鑽錶，熠熠生輝；女客（多半伴同男客一齊來）也是珠翠環繞，遍體紗羅。可不知怎麼說，這一階層的客人，特別在華燈初上以後走上二樓來的，總帶著三分粗豪、七分市井氣，尤以女性爲最。根據我的觀察，她們的身分既非男客的小姐，亦非夫人，而是「夜與晝的可疑地帶」，亦即是男客「黃昏之戀」的對象。這時候，前者的出手是闊綽的，往往是「殺西米」、炸蝦，還有標明是時價的烤魚，外加日本「阿煞希」啤酒，湊在一起，再低廉的訂價也會變得昂貴起來了。所幸佔另一半成分（像我）的食客，儘有炒烏龍、甜不辣、味噌湯、壽司等平價食品享用。這類菜肴既不油膩，又不傷脾胃，眞是老少咸宜，皆大歡喜。所以我就成爲這家飯舖的常客，有時還不知羞地跑到二樓花廳去充當食客兼看客（美諺稱做 Lookie-loo）。

四

不遠的L街有一爿平價鍋貼舖子，那是純大陸風味的舖子，我也有時去坐吃，雖然並非杜甫所謂「日日江頭坐翠微」的那種「坐」。鍋貼英文譯名 Pot sticker，非常貼切傳神，不像餃子、餛飩、豆腐等華夏食物只能靠音譯，沒有嘗過此「愛巴物兒」的碧眼兒，是無法靠想像力去體會此物的。只有鍋貼例外。二十五年前，我住在美東康乃狄克州的H城時，就有一家中國餐館取名 Pot Sticker，店名非常討巧，第一，食客多能琅琅上口，容易記，所以生意不惡。暑假中回到美國，閱讀當地傳眞版的上海新民晚報，有一則短評說，上海市面新近出現了一種「愛．格羅」的食品，作者以爲又是甚麼舶來品，考證之後方知就是 egg-roll 的音譯，讀後不禁失笑，這是舊日租界上海人的噱頭作風，時隔半個世紀又回潮了，沒出息的上海人，白白接受了這麼久的無產階級教育！

二十五年前，圍繞在新公園一帶的鍋貼店——還是更早？每出一鍋鍋貼，廚師例必要敲幾下鍋沿，鐺鐺作響，表示鍋貼熟了，過往君子請進來大快朶頤吧！目下的這家鍋貼店，產品製成時，一樣的熱氣騰騰，這一套額外的做工卻是免了，演的是一齣「無聲戲」，

「飯店流麗的熱鬧滿溢不到街上來」。注意到噪音管制，帶幾分環保意識的鍋貼，其中包藏的劃地為牢飼養出來的環保豬肉餡兒，滋味還能像從前那樣鮮嫩可口嗎？

經過了半個世紀的大陸客，戰勝了無數病毒與頑疾，如今倖存在世間，尚能蹣跚步行到此地來吃一餐平價鍋貼的老人，飽經滄桑後，彼此還有多少話好交談呢？

所以食客多是據坐一桌，默默進食的，這是後現代社會的一個特色：一群人站在火車站、醫院的掛號處前面默默排著隊，缺乏共同語言，面面相覷，不發一言。

當然，我也是和光同塵地沒有例外。

五

西門町的平價飯舖，物以類聚，鳥以群分，原是後現代社會的一大特色。早在二十多年前，美國的大小城市，社區建構就是按照這一條不成文法來規劃的。號稱民主殿堂的美國，其實階級意識滿濃厚，不過因為他們中產階級佔多數，階級之間的落差不那麼尖銳化；要有，就是黑白種族問題，那是凌駕在貧富、階級問題之上的大問題，也是美國社會的一個隱性殺手，一枚不定時的炸彈，且按下不表。

美國的鄰里社會，他們稱做 neighborhood ，其實是以家長（也就是屋主）的職業來劃分的。從事醫師、律師、會計師、事業有成的工商老闆，喜歡聚居在一起，自成一個「鄰里」。公務員、教師（包括教授）、各種各樣的上班族，自由職業者又「不期而遇」比鄰而居。甚至有以「性的偏嗜」(sexual preference)來劃分鄰里的，像是舊金山的卡斯楚街Castro Street，是同性戀的落腳處，異性戀的男女思想再開放也不會去住。我在美國購買的第一所「處女」屋，坐落在「藍領階級」(blue-collared class)地區。這一類階級不喜與其他階級混合，具有極其強烈的排他性。愚夫婦不明就裡，一頭撞了進去，自然頭重腳輕地跌了出來。那是一幢建構得相當精美的華屋，位於小山丘上，居高臨下，「山氣日夕佳」。可惜「落腳地」location 不對，「生錯了一根骨頭」，最後只好忍痛割愛。幾經周折，此屋爲一退休的女裁縫所購得。她的職業與華屋相配，與周遭的大環境亦配，所以她住進去以後，如魚得水，不致方枘圓鑿，可以甘之如飴地安享晚年。

我看過一本《地產入門》的書，其中有一條說：「Location, location, location，是房屋置產的不二法門。」換言之，一位準屋主最優先要考慮的，是這所待價而沽物業的「出生地」，其他條件都可以稍後再議。

這是美國。天涯若比鄰的台灣，觸覺靈敏的房地產仲介商人也信奉這一條金科玉律嗎？

六

西門町的飯舖，演變成目前的「各歸各」局面，雖說由來已久，與台灣社會近三十年來的工業化發展，想必有一定連鎖的因果關係。我不是社會學者，未作過深入普遍的研究調查，但我確信一樣聚居了各行各業百工技藝的大唐帝國（七世紀），以及出現「清明上河圖」這樣盛大氣象的北宋（十一世紀）王朝，其市廛的景觀，想必與我筆下的西門町飯舖，也不會一樣。其癥結所在，當然出在一個國家的急速工業化。這種工業化造福萬民，自不待言，但也改寫了群體關係、人際關係，使得過去農業，甚至於手工業、半工業社會的群體意識，都產生了革命性的變化；而且這種變化是「一去不復返的」，「無法再回頭的」，唏噓也好，傷感也好，都沒有用。

林海音大姊在一篇大作裡說，她搬進了敦化南路的大廈後，按住電梯迎候她的新鄰居，後者全然不領情，寧可自顧自去鵠候另一台，使她大爲躊躇，也傷了她的心，此後與新鄰居即使在電梯相遇，也裝做「相逢如陌路」了。其實，最該詛咒的，還是那台電梯——或者說，那家製造進口電梯的美國 OTIS 公司。「任何機械化的改進都會消除一些行爲、甚至情感的模式。」一本可愛的小書（班傑明 Walter Benjamin 的《啓思集》）這樣告誡我們。當然，機械化的結果，是製造了舒適與方便，但也在同時間內，阻擋了人與人的相親，反而促成人與冰冷的機械相親；而最具弔詭性的一點是，機械只是機械，是無法與人親的，正如同機器人再好，也無法取代一個有著血肉之軀、活生生的人，是一樣的道理。

明代（十六世紀）的小說《金瓶梅》，寫潘金蓮與西門慶邂逅，是她挑簾的時候，一不小心滑落了竹竿，那竹竿「不端不正」剛好打中了西門慶的頭巾，兩人於是眉目傳情，造就了許多風流情事。

發生這件「意外」的時候，潘金蓮是在樓上，還是樓下？據我的推斷，應是樓下，不是樓上。照一般讀者的想像應是樓上，這樣，一根竹竿（也許是湘妃竹）從上面滴溜溜地掉下來，加上金蓮的一聲嬌呼「哎呀」，才比較戲劇化。其實，試想賣炊餅爲生的武大郎，經濟上是無能力供給「渾家」住樓房的，即使是魯迅所謂「淺閨」式的樓房。

再說到明朝小說中這件出名的「公案」(cause celebre)，發生在後現代社會的機率，也是可能性甚微的。因爲潘金蓮和西門慶的邂逅，等於是在大街上。大街上熙來攘往的人群(crowd)，稍加鼓動便會演變成暴民 (mob)。這，聰明機智的綢緞莊主人「今世」西門慶，豈敢輕易以身試法？他是寧可去「梳攏」合法娼妓李桂姊的。當然，西門慶是活在明朝的社會，所以他敢大膽去挑逗等於在大街上勾搭上的有夫之婦潘金蓮。

差不多二十五年前吧？由已故影星娜妲麗華主演的影片《How to Fall in Love with a Proper Stranger》（中文譯名未詳），單憑這個羅曼蒂克又近乎胡說的片名：教導一個年輕女子如何與適當的陌生男子談戀愛，在後現代的社會，就找不到觀眾！試想一下《黑色追緝令》吧？片中的十字街頭，不就形同是非洲野獸的殺戮戰場嗎？

倒是十年前的《致命的吸引力》，才「遠兜遠轉又回到了人間」：男主角在一夜風流之後，踫到了超級女煞星，從此坐臥不寧，與那如惡疽附身的女魔，一直纏鬥到最後一刻，方始「解套」。——一個試圖與「適當」陌生人談戀愛罪有應得的悽慘下場。

七

常常在台北市街頭趑趄著腳丫子走路的行人（像我），有時會在戰略要處（多半是下水道的入口），發現一塊鐵板，上面刻有「市府公物」的鈐記；甚至有更小的「都計處」字樣，出現在更爲「迷你」的水泥板塊上。至於那不堪一擊的紅磚，就沒有這些「關防」，想必是不値錢，用不著這樣防患未然吧？

都計處的名字，乍聽之下費人猜疑，世上只有主計處，哪有甚麼都計處？後來一琢磨，猜想是「都市計畫處」的簡稱，這才憬悟到台北市的都市計畫，也是有專人負責的，可惜台北市的店招與店名，都計處權力有限，管轄不到，這才聽任橫七豎八的店招，「醜陋與夯俗齊飛」了。也正因爲這一層原因，當今的國內作家，創作時很少以台北市的街景作爲摹擬的主題，因爲在那崎嶇不平的紅磚道上，行人的使用權被剝奪了——我最近有機會去過一次嘉義市，發現那兒有些街道根本就沒有人行道，索性乾脆，連行人的基本人權也一併被「報銷」了——再美的街景，也看不到、寫不出呀！

可是西方作家的筆下，街景作爲「模題」motif 的卻比比皆是。法國新小說作家葛里葉 Robbe-Grillet 寫過一本小說《橡皮擦》(Les Gommes)，書中翻來覆去描述法國某一城市的街景。我們讀者眼睜睜看著葛里葉一遍又一遍寫了又擦，擦了又寫，像橡皮擦一樣，據作者說這才算是眞正的「寫實」，其他甚麼內心獨白、意識流都是「僞」寫實，因爲一個作者連自己內心的活動都摸不透，遑論他人？所以葛里葉只能心甘情願地去描寫街景了。

葛里葉的主張固然偏激了一點，不過，這也恰好間接證明了「西方作家都是犬儒主義者」這一論點。

葛里葉的祖先——法國現代派詩人、象徵派詩人的先驅波特萊爾 Baudelaire 更是寫街景

（當然包括街上的行人）的能手。他整本的詩集《惡之華》 Fleurs du Mal 就是以巴黎作背景的。不過，根據我前文所引那本可愛的小書的說法，波特萊爾用的筆法是「不寫而寫」（梵樂希語），有點像我國文批老祖宗劉勰所云，盡得「神秀」、「骨秀」之妙用。換言之，也就是「不著一字，盡得風流」的那種寫法。

至於他們的好朋友，也是他們最愛的美國作家愛倫波 Edgar Allan Poe ，他對於當時倫敦街景與人群的「寫眞」，更是先知先覺，活畫了一幅後現代社會的浮世繪（此點容後再論）。

八

當今馬克斯流派的文批理論極其流行，前述的那本可愛的小書也不能免俗，書中引用了馬克斯的一篇文章（未加註，想必是《資本論》），馬克斯說：「資本主義的生產特質是：與產業工人的意願相悖，那不斷出現在機器紐帶上的待製品，行色匆忙，來去都很武斷。換言之，產業工人不但不能控制他的工作條件，反而爲工作條件所操縱，從而機器造成了一種逆轉的形勢。爲了配合自動化的機器，工人必得學會如何與那巡迴不斷、一成不變的運作相協調。」

馬克斯的論調，可能受到另一位無產階級文藝先鋒恩格斯的影響，後者在一篇取名為「英國工人階級的工作狀況報告」的文章中這樣說：「倫敦每一條街的所謂熱鬧，都是與人性相悖的：來自不同地位不同階層成千上萬的人，擠壓在一塊，難道他們不是一樣有著血肉之軀、思想情感、各具才華、也想去追求人生快樂的人？然而，他們擠來擠去，彷彿沒有甚麼相同之處，彼此毫無關聯。他們只默默同意一點：每一個人應當有權使用人行道，同時不要妨害到從相反方向擠迫過來的人潮。沒有人會去注意他人一眼。事實是：每一寸狹小的空間擠進去的人愈多，那種粗暴的冷漠感也就愈加具備攻擊性，愈加令人憎厭；一個人也就愈加注意『自掃門前雪』，不去管他人的『瓦上霜』。」

無獨有偶，誕生於十九世紀初「癡」長馬列兩氏幾歲的愛倫坡，寫過一篇前文所述的《窗中人》(Man of the Window) 小說。故事是以倫敦作背景，敘述者在一場沉疴痊癒後，重新「步入」大都市的「急管繁弦」。這是秋天的下午，他坐在寄居旅邸的龐大咖啡廳內，隔著玻璃窗，欣賞的重心，逐漸從咖啡廳的座上客，轉移到窗外如過江之鯽的行人身上去。「這是倫敦市內一條主要的街道，白天就已經非常擁擠了。可是，當黑夜降臨，街上的人群，眼瞅著越來越多。到了煤氣街燈亮起的時刻，兩道稠密洶湧的人潮急劇在咖啡館門前湧流了過去。在這特定的傍晚，我覺得迴異於往昔任何一天，那有如狂濤一般黑壓壓的人頭潮水，使我油然滋生出一種新鮮又『可口』的情感。最後，我竟然忘記旅邸浮生的種種生之煩憂，從而整個人的注意力完完全全被窗外的街景吸引了去。」

愛倫坡筆下的倫敦市民，也像他們頭頂上閃爍不定的街燈，臉色也一樣地晦暗陰沉；這，不限於是從「都市盲腸」走出來的市井無賴，也包括那些規模龐大公司行號的高級職員。「他們一律有著微禿的頭，而他們的右耳，因爲久慣於夾上一枝鉛筆，耳根稍稍向外凸出。我又注意到他們老是雙手脫帽，又同樣喜歡用雙手扶正帽沿。腰間的懷錶，垂著式樣古舊的粗短金鍊。」愛倫坡描寫行人的步態也很特別：「到目前爲止，那些通過的人群當中，絕大多數有一種在生意上頗爲得意的臉色，此刻的思緒，彷彿只集中在如何通過擁擠的人群一事上。他們縐著眉頭，眼珠敏捷轉動。當有人擠過來的當口，他們臉上也沒有不耐煩的表情，不過稍稍整理一下弄亂的衣服，又朝前匆匆地去趕路。另有一批人，在人群中也不佔少數，他們的動作帶點急促不安，他們臉色發紅，不斷打著手勢，好像周圍稠密的人群讓他們感到孤立無援。當他們的步伐受到阻礙，他們就突然停止了喃喃自語。不過，要是有人無意間碰撞了他們一下，他們會對這個冒失鬼深深一鞠躬，看起來有點茫然不知所措。」我們以爲愛倫坡在描摹一批醉鬼，實際上，「他們是貴族、商人、律師、技術工人、號子裡的營業員。」

寫到這裡，我不敢說愛倫坡有關倫敦鬧市與行人的描寫，有多少可以適用到西門町鬧區的十字路口，我只敢說有一點深獲我心，那便是行人過街時的心無旁鶩，暫時拋卻塵世的深思熟慮；眼珠轉動，只不過爲了注意眼前的交通號誌何時紅綠易位。對於那同屬過江之鯽的過客，反而視而不見。爲此，我寫不出與我同行的儕輩行色匆忙的模樣。畢竟，愛倫坡的敍述者是《窗中人》，這才寫得出倫敦白領階級的耳根，如何比常人要「頎長」一點。而我只有在乘搭電梯時，方才驚悟到自己個子太高——比旁人高出一個頭，站在那裡，自卑又尷尬，像是《格列佛遊記》中的主人翁。

再回到剛才引述的三篇大作上。馬克斯的那篇宏文，指出了現代產業文明不合理的一面，那種「生產」環境是扼殺人性以及智慧的。工人爲了賺取麵包，逼得非與冰冷的機器妥協不可，而最後能與非人性的機器產生默契的工人，捨卻接受「物化」以外，似乎與所謂的「心靈手巧」，並無必然的邏輯關係。同理，恩格斯與愛倫坡筆下的街頭行人，也彷彿自動紐帶前的產業工人，是經過離奇「物化」後挖空了血肉思想的「中空人」。

而愛倫坡《窗中人》小說，畫龍點睛的一筆是，他的那些過客，除了表現徹底的「自動化」以外，他們的步姿又是一種對「驚嚇」shock 的反射作用。「要是有人無意間碰撞了他們一下，他們會對這個冒失鬼深深一鞠躬，看起來有點茫然不知所措」。

九

「驚嚇」(shock)，對了，「驚你一夏」，一個在台灣媒體文字上經常得見的流行「意符」(signifier)，就成爲後現代文化現象的一個指標，一個常數。

「一個人對於外在事物的官能刺激或者視覺印象，都會引起一陣驚訝(surprise)的本能反應，這也是人類『先天不足』的佐證，因此，記憶（追憶）是一種很自然的現象，它可以供給我們充分的時間去調適重組當時無法接受的種種刺激印象。」

有時，光是追憶尚嫌不足，人還想把這些記憶追記下來，如牛之反芻，越嚼越有味，像普魯斯特(Marcel Proust)的《往事追憶錄》或者曹雪芹的《紅樓夢》。的確，詩人（有時候泛指作家）是比一般人多愁善感些，也難怪波特萊爾要在作品中，連連「受震」、「吃驚」不已了。波特萊爾曾經借用一個非常嚴峻的意象來說明這一現象。他談起在決鬥前，那個失敗者在被對方刺倒仆地前所發出的一聲慘嘷。因此，波特萊爾的詩作，是以「驚嚇」shock爲中心的。

圍繞著中心點的，就是那成千上萬、千變萬化——或者說，「無固定形狀」 anorphous，像變形蟲那樣會改變形狀的巴黎街頭的行人（過客）。

波特萊爾曾經在一篇散文裡，談到他心儀不已的「散文詩」，他說：「我們中間有哪些人在少年氣盛的時候，不曾做過寫散文詩的夢？散文詩本身必須無韻腳無節奏，卻又十分婉妙精緻，具有張力，能夠隨時化身爲靈魂的抒情歙動，夢的漣漪縠紋，意識的強撼震動 shock。這一種也可以成爲『固定理念』(ideéfixe) 的理想，特別能夠攫住哪些人的心呢？那便是住在超級大都市感到賓至如歸而又能夠適應其中芸芸眾生互動關係的人。」

波特萊爾的這段夫子自道，關於他自己的內心世界，至少透露了兩點。其一是「驚嚇」這一意符與大都市人群之間的連鎖效應。其二是群眾一詞的特定意義，它並無馬列兩氏所倡言的階級成分在內。它不過像生物界的「阿米巴」(amoeba) 原生物，是一群「無固定形狀」的過客；換言之，僅僅是「街頭的行人」，如是而已。而在人群之中，波特萊爾扮演的角色是一名「旁觀者」flâneur，又是一名散步的人，像愛倫坡小說《窗中人》中的主角，他津津樂道與這群人相值相遇，而樂此不疲。於是，波特萊爾的整個詩篇便充滿了因爲此一甜美「幻覺」而產生的某種反射作用。

波特萊爾有一首名詩〈烈日〉le Soleil，內容是說他在巴黎市郊 faubourg 蹀躞彳亍，石砌的磚牆樓房，撐起一扇扇的百葉窗帳篷，「陰翳」了內中許多秘密的歡樂。當「殘暴的驕陽展開他那雙倍的烈燄，鞭撻這個城市和它的屋脊，我踽踽獨行，來練習我那套奇異的擊劍術。在長街的每一角落，嗅出那躲藏的韻腳；蹣跚絆跌上幾個字，像腳下的鵝卵石，有時會一頭撞上那寤寐求之久矣的詩行。」

在〈烈日〉詩中，波特萊爾自喻爲一名擊劍手，揮舞著手中的流星蝴蝶劍，在「人叢」中殺出一條路來。就事論事，詩人步過的烈日街道，是被行人遺忘了的背街小巷。也許，整首詩的全貌應當這樣識讀：詩人在和魑魅似的字（人）群纏鬥之後，逐漸從烈日炙燒的街弄，摭拾到他整首詩的起句、零星片段，然後俘獲了整個的「戰利器」，也就是一首全詩。

十

雪萊在詩作中常說：「撕去一層面紗。」一個眞正的詩人，創作時的確會使人想起，聖經中莎樂美舞者所戴的七層面紗。事實是，巴黎街頭激動的人群便是一層面紗；透過這層面紗，波特萊爾寫下他不朽的詩作。他有一首名詩〈致一女過客〉「A une passante」便恰好在此一情形下寫成的。

致一女過客

市聲鼎沸的街道，環繞著我叫囂，
一個女人，頎長，瘦削，重孝，憂思繁鬱，
走過了，伊
舉起一隻腴美的手
持平她的裙裾和花邊；

輕盈又貴重，伊那石像似的肢軀
而我飲啜伊的眼波，痙攣有如騃癡，
而眼底天色鉛灰，醞釀有如暴風雨，
一種誘人的甜蜜，一陣致命的歡愉。

一道光，然後是黑夜——遁走的美人啊，
我從你的凝視裡誕生了，

難道直到永恆我才能再跟你見面麼？
某處，離此地很遠！太遲了！
永遠沒有也許了！
因為我不知道你逃向何處，你也不知我去了哪裡，
啊，我是可能愛你的，
啊，你也可能知道這一切的。

戴著寡婦的面紗，在巴黎街頭人流的擎托下，一個陌生的女子飄浮到詩人的視線之內。這一首原本是十四行「商籟」體 sonnet 的抒情詩，向我們透達最重要的一點是：大都市的人潮絕不是一種對立的、敵意的存在；恰恰相反，它替詩人送來了令他心悸的美女！然而，不同於往常的，是它帶給詩人的，不是一見鍾情，而是一見「訣」情的愛！換言之，「驚艷」的一剎那，與訣別的最後一刻，是同步進行的。這首「商籟」提供了雙重性質的意符，一種是驚嚇，一種是災禍。不管怎樣，詩人的情感本質是受到震撼的。而「我飲啜伊的眼波，痙攣有如駭癡」，並不意味著，這個暗自銷魂的男子體內每一個細胞都被慾念佔據了。它只是

一個寂寞無聊枯燥的靈魂所感受的性的震撼。整首詩像一篇寓言，迂迴道出都市生活可能造成對當事人的愛情創傷。普魯斯特是用這一種心眼來閱讀此詩的。在《往事追憶錄》，他也塑造了一名身穿孝服的女子歐芭婷 Albertine ，並且追隨他心儀的偶像波特萊爾，取了一個非常挑逗性的篇名：〈巴黎女子〉。

「當歐芭婷再度來到我的房間，她穿著一襲黑色緞子的衣裳，使她看來帶幾分蒼白。她像極了那種蒼白又潑辣的巴黎女人，一種不習慣新鮮空氣、混跡在紛至沓來的人群之中、也許呼吸著淫穢空氣的那種女人。這種女人眼色不很鎮定，要是她臉上沒有塗脂抹粉的話；那時候，你一眼就把她的一切看穿了。」

只有城市中人才經歷過把這種女人當作戀愛的對象，而波特萊爾把她寫進了詩中。從這類女子身上，妄想得到愛的滿足，是緣木求魚了。

十一

從西門町的飯舖，我帶領我的讀者，漫步走過西門町的鬧市，忘了一提我常常去一逛的祖師廟、龍山寺，然後是明朝山東清河縣縣前的獅子樓大街、倫敦、巴黎的長街短巷、北里平康……曲曲折折，「前不見古人，後不見來者」，總希望讀者沒有白跟了我一陣子，也希望讀者能夠依稀看到我的「心路歷程」，有一點脈絡可尋，不至於太過於雜亂無章。

這篇字數有點嚇人的散文，從「九」開始談詩，以及我喜歡的詩人波特萊爾，有許多地方，純粹是「借用」，我也並不諱言。波特萊爾用城市的背景來啓發靈感，他創作的詩篇，無論是意象，起承轉合、結構、尾聲，都與巴黎息息相關，在他逝世前的十九世紀中葉，巴黎市內的時髦男女興坐一種兩人抬的轎子 (sedan chair)，不能想像這五百輛如穿花蛺蝶般飛來飛去的轎子替巴黎市容增添的旖旎風光。詩人徜徉在轎子中間，有時想必還會串演坐在轎中的風流浪子，像唐伯虎一樣，怎會是他自貶謙稱的「局外人」flâneur 呢？他對於巴黎街頭的行人是既驚又怕，又愛又恨的。否則，他的詩創作也寫不好。

反觀我自己，我所寫在西門町飯舖目睹的眾食客，既無法達到愛倫坡的鞭辟近裡，淺描深畫，又不能如波特萊爾的整個投入，把自己變成一個「具備意識知覺的萬花筒」。我覺得自己才眞正是一名 flâneur 呢。這一種尷尬處境，倒是與南宋詩人陸游所吟唱的頗爲契合，在本文結束的時候斗膽錄了出來，用博識者一笑，那便是：

「平明騎驢入劍門，此身合是詩人未？」

船過水無痕

——記二姊

睽隔了有半個世紀的二姊，從美國捎信來，說她將於五月底，在美國探望兩個女兒完畢，預定六月中旬回返大陸，問我有沒有空，在清明前後，抽空到美國見一下面。

二姊全家一直住在南京。兩岸開放後，我雖然去過好幾趟大陸，但一直在上海北京轉（爲了那幾首「斷命」的老歌）；每次都像是有公務纏身，無暇抽空到南京去探望她。這一下她親自到了美國，下榻在加州州府沙加緬度女兒家，與我定居的洛杉磯相隔不過一小時有餘的空中旅程——總該見一次面了吧？

偏偏這時節我人又在台灣。

其實這都不是理由。張愛玲說過，再忙，總抽得空來作自己要作的事。說的是，何況我根本無詞可推，現放著十天上下的春假是學校給的，希望我們師生一體好好加以利用它。除非是我不想見她。

我沒有不想見我二姊。因爲時間隔得太久，早已超越了「近鄉情怯」的關卡——她口中的鄉情，不論波濤多麼洶湧壯闊，對我來說，都像是一本歷史——我們對歷史事件的感慨，與我們自己的親身經歷，因爲血肉模糊，是有著相當的距離的。

人是理性的動物，可是，理性走到某一步，可以變成非理性；又因爲人是高級動物，他對於萬事萬物的反應可以像是一只萬花筒，千變萬化。

我只是一介凡夫，對於此事的反應，並不認爲有異於常人，只不過微微覺得一絲恐怖；自己怎麼會是這樣的？

結果我跟二姊在沙加緬度機場見了面，我們姊弟的重逢，場面是這樣的平常，沒有一點戲劇化；當然，在一旁充當配角的，還有她如今已四十初度的小女兒，跟她的女婿。

在她女兒家的公寓內（門口有一棵巨大敧斜盛開著白花的李樹），她斷斷續續將與我有關的往事，講古一般告訴了我。

當然，她講得較細的，是母親的死。

那是在我們離開上海（一九四九年）後的第八年，死因是高血壓引起的併發症，我想應該屬於心肌梗塞一類的。

大殮時，來弔唁的親友並不多，但是父親的生前好友像是雍家源老師還是來了。那時反右運動剛開始，離開較後沸騰的文革尚有遙遠的十年，所以母親的裝飾是豐厚的：大紅絲絨的旗袍，大紅絲絨的披風，繡花織錦鞋；手上握著翡翠玉珮，頸上圍著珍珠項圈。「娘走得很風光。」二姊說。

「家裡一直有個吉『姑娘』（老了叫吉媽）照顧娘的起居衣食，」二姊又說——也不知是不是安慰我，把母親的別後光陰說得那樣日月靜好，有著人世的安穩。

「我是你們走後，娘在『解放日報』登尋人啓事，把我找到上海去的——那時我在蘇州。」二姊突然冒出一句，不是當事人，還眞弄不清楚她在說些甚麼。

那時候，民國三十八年五月，「解放」伊始，大姊夫解下裝甲兵（國民黨）的袍甲，成爲正式的散兵游勇，解放軍托「地下分子」（那時一夜之間冒出許多地下工作者）轉告他，希望他站出來，向「人民」投誠。而母親這時十分猶疑，在親友七嘴八舌圍攻下，不知如何自處。

最後，大姊夫、大姊採取了逃亡之途——他們登上了開往香港的盛京輪，臨走時，彷彿人還嫌少，又把我拖上了船。

母親完全蒙在鼓裡，發現後，母親立刻叫輛汽車趕到黃浦江邊，那時候，盛京輪剛剛開航。二姊說（這事我一直未知，是第一次聽見）。

要是母親及時趕到，將三個奔赴自由（儘管在當時親戚眼中，我們算是蹺家）的年輕人攔了下來，「押」回家去，我們今日會是怎樣？

其實，「蹺家」這齣戲，二姊早已於五年前成功地演出了一幕。那時候，二姊被母親放置在蘇北老家，跟著祖母以及一位守「望門客」的姑母過活。「你們都在重慶，而我一個人在老家，姑母管教我過於嚴格——」

「所以你就在十六歲的年齡，參加革命（蘇北的新四軍）去了——」我替她把說不下去的話說出來了。

二姊始終不肯承認她參加共產黨是因爲信服它——而是被逼的，因爲當時實在無路可走了，她說。

誰知這條路一走便走了五十來年。

「不說別的，就說在南京，我都已經快住了四十年了。」她又說。

民國三十四年勝利後，母親帶著全家住在南京考試院附近的藍家莊，不過，只匆匆地四年不到。而二姊是後到者，卻同樣在藍家莊，一住就住了一輩子。「像打牌時換莊一樣。」這話我只是心裡想，沒有對她說。

「母親把我找到啦！」二姊繼續用平靜的聲調說：「那一陣子，我有時候在上海，陪娘上銀行辦事，喲，娘後面跟著個帶槍的小解放軍，就是我，喝——」二姊停了下來，底下的話像亨利．詹姆斯體的小說，要讀者自己加上去：「好威風！」

這樣威風的女兒卻不能讓母親克享永年。二姊沒有點明，我們彼此都很明白：母親雖然身邊依然有一兒（我弟弟）一女，她的心思卻朝朝暮暮，魂牽夢縈於那遠離她的一兒一女——這是無可更改、也無人可以更替的悲劇。人與人之間是有緣分的，即或親子之間亦不例外。當然，說母親「偏心」也可以。

「娘對我總是很客氣，話也不多。」女兒不比媳婦，怎會無話可講，足見隔閡之深。母親是不喜歡共產黨的。先父在抗戰時期、重慶國民政府當過不大不小的官，她對共產黨的惡感可想而知。怎麼到頭來女兒也幹起這一行來？而且又嫁了個標準土老共的「匪」幹——你要她說甚麼好？

「娘沒有生病的時候就喜歡躺在床上。生病後更是少下床。」二姊說。

外面是個殘酷的世界。從民國三十三年到三十八年，短短的五年不到，這個殘酷不仁的世界，奪走了她的丈夫，逼走了她的愛子、愛女、愛婿……她已經無處可以遁走，只有賴在床上，用悔罪式的思念，消耗生命中的餘念（年）餘瀝（曆）了。

我想聰明世故的二姊是深諳其中原委的。她因爲從小投身軍旅，沒有讀過多少書。但是一個人的智慧有時不需要書本也可以修煉成功。我想二姊屬於這一型。她只是不加修飾把事實眞相說了出來——她要我揣摩她的言外之意。

二姊對我家那位一手把她拉拔大的獨身姑母亦有微詞，說姑母對她不起。姑母代我家管理財務，文革時，她代母親（那時母親已經過世）把存放於三處親戚家的首飾交給了紅衛兵。平反時，政府發還她一萬元人民幣。姑母扣下了六千元，給了她婆家的嗣女——因爲她年老了要依賴她爲生。二姊跟小弟每人只分得了兩千元。（其實「政府」已經給還了屬於她自己名下的許多錢。）「她對不起她的弟弟。」二姊平淡地說。

改革開放前，大陸上的人恐怕比目前還需要錢！

在我心目中一直愛我最深、令我最難忘懷的姑母竟然是這樣，可見人與人之間的觀點是多麼分歧異樣！

這些都是五十年來的一些恨海難塡的往事，雖然我是「船過水無痕」地聽了進去，印象還是滿深刻的；否則我此刻就一點也寫不出來了。

從沙加緬度回到洛杉磯家中，驚奇地發現，後院小山坡上的一棵桃樹，已是春來發幾枝了。桃花向來是粉紅色的；不想家中的這一棵，著花全然是大紅色，像紅梅一樣。聽了二姊的故事，在春假的十天中，我經常坐在後院的廊下，面對著桃花沉思。我很自然地想到魯迅那則馳名的短篇《在酒樓上》，故事的場景，有著白雪紅梅，互相輝映；敍述者遵父命去遷葬他幼弟的墳塋，卻事過境遷，甚麼也找不到了。二姊也告訴我同樣的一則故事，那便是母親故後，好好安葬在上海萬國公墓，墓碑還是漢白玉砌造的。誰知禍起蕭牆，紅衛兵造反，將公墓內的墓碑砸得稀爛粉碎，墓地也夷爲平地；如今許多年後，又經過犁平改建，連地址都很難找到了。我聽了也沒有甚麼特別難過。白雲蒼狗，滄海桑田，世事本是如此的。

《在酒樓上》有個順姑，是個馴良柔弱的女子，最後死於肺癆。我想二姊早年的境遇比順姑好不了多少，因爲得不到父母、姑母的疼愛。但是她沒有像順姑無聲無息倒下去，反而屹立起來，成爲毛澤東〈爲女民兵題照〉所寫的「中華兒女多奇志，不愛紅妝愛武裝」的革命鬥士（二姊曾經在燈下驕傲地敲著上下兩排堅固的白牙齒對我說：「你瞧瞧！你說你們在美國一天到晚看牙醫——牙醫聽說最會敲竹槓！我這是天然保健！從不吃糖，也不吃豆沙包。」）她不知道在美國要做到不吃巧克力、冰淇淋有多難！

二姊談起隨二姊夫遠征福建，準備攻打金門古寧頭的往事，聽來反而令人怦然心動。那一次功敗垂成，「因爲沒有海戰（島嶼戰）作戰經驗，又加上剛剛全面勝利，勝利沖昏了腦袋，輕敵，幾個師的兵力調上去，全軍覆沒，沒有一個活著回來。老頭子（指二姊夫）要不是生病沒有去，要不然命也沒了。」

二姊講來，換了副聲口，激昂慷慨，倒是滿有花木蘭風的。二姊幼時雖然命苦，卻不是「可憐的秋香」，她夫妻白首到老，晚景甚佳。她看來一點沒有瞻前顧後、患得患失的慌張模樣，應該是位全福的老太太呢。

春假過後，我又飛回台北，繼續上課。在交通車上，一位愛說笑的老師一聽說我在短短十天之內去了一趟美國，立刻錯會了我的意，笑說我避「彈」去了；又說現在雨過天青了，股市不又發飆了嗎？我連忙告訴他這段機緣，又解釋說敝姊弟錯過這次會面，恐怕再相逢會很難了。對方只是不信地笑笑，結束了這場尷尬的談話。

回到家中，我又陷入沉思之中。也許我心深處，的確對中共「搗蛋」一事有幾分害怕，這才借此機會，不辭長途飛行辛勞，跑去跟二姊晤面的。（分別了這麼久，應該算是「八竿子打不著」的親戚了。）

同事的戲言，不過是一句「佛洛伊特式的失儀之言」Freudian slip；細審之下，道字不正，竟然是一語中的。正是「東家有金銀，西家用秤稱」了。思之慚怖，還是就此打住吧！（說出來，也許就不是懦夫了。）

…………。

啊，金門

——旅行寫作

西洋文評家常說：「這本大小說一般人常聽人說起，可很少會去讀它；譬如說，像《戰爭與和平》。」這樣的說法移用到金門身上也很適合，因爲經常聽人說起，可從來不曾閱讀（看）過。

我去金門旅遊了三天二夜（參加了一個三十餘人的旅行團），歸來後，問起交通車上的同事、三班的學生（另有一班沒問），都沒有得到一個肯定的答覆。奇怪，住在台灣島上的人，對於唇齒相依的金門，感到如此親切，卻又如此陌生，令人不可思議！

我去金門是想去看看外島的風景——本島的風景看膩了，逢著校慶有一個長週末，去別的地方既沒有時間，也沒有錢，去金門看看也好。

奇怪吧，戰地金門有一天會變成旅遊勝地，趁著秋高氣爽，一團一團像朝聖的旅客，蜂擁而至，團團客滿，擠都擠不上——當然我是臨時起的「義」（意）；要不然一週以前，大概也訂得到一張機票。

金門是戰地，所以徹底反共，所有的標語都指向了這一點：「我們現在是在絕岩上，唯有咬牙切齒，拚卻一死，方有生路」。（我抄錄了他們寫在坑道——取名瓊林坑道——上的標語，五字一句，字眼不一樣，意義完全相同。爲免褻瀆不敬之譏，茲不錄。）

世界上大概再找不到一個像金門這樣反共的地方了。

而且徹底擁蔣——太武山上有一位名流題字的巨石，像一塊橢圓形的巨蛋；危若累卵，但請放心，決不會墜到山下的深澗中去。上面用硃漆鐫刻了這樣的四個字：

「其介如石」

巍巍的銅像，國父的、蔣公的，筆直整齊地站在那兒，沒有鳥糞，沒有不敬的 graffiti（塗鴉）；當然更不會傾坍在地上，乏人照顧。蔣家的後代到金門來走走，也許比我們這些「事不關己」的遊客，更會感到心曠神怡！——甚至吾道不孤！

但是他們沒有一個人會到金門來長住。

不過，金門的確沒有硝煙火藥味，這塊福地是和平的。像我在小文開始時徵引的那本大小說《戰爭與和平》，在金門，我的確看到戰爭與和平同時並存，互不干擾。

文學上的一記「矛盾修辭法」(oxymoyon)，在金門身上也找到了最佳註解。

是的，你瞧這四通八達的小公路，美國稱作 expressway 的，比台北市的道路（想是偷工減料、七折八扣下的產品）造得還要講究平坦。小公路兩旁是高大的松樹、白楊樹，然而每棵樹的樹幹接近分叉的地方，一律髹上白漆記號——是一種軍事上的用途，導遊小姐（綽號「小辣椒」）這樣告訴我們：萬一共軍來襲，這些樹木都將沿著白漆處砍平，那時候，被一片樹海所淹沒的小公路，就不能發揮補給輜重的功用了。

戰爭與和平，在金門是一對分割不了的連體嬰兒。

平坦又曲折的小公路，遊覽車馳過時，有時跫音四起，導遊小姐又說，這都是過去在這兒當兵、偉大的阿兵哥的傑作，因爲下面都是坑道；又煞有介事地說，這是軍事機密，你們不能參觀。

對外唯一開放的是瓊林坑道，我見識了一下子——那眞是！敵人若是誤闖進這個坑道，便是豬八戒踏進了盤絲洞，出洞若無神助，只有命喪黃泉了。這使人想起希臘神話裡的迷魂陣 labrinth，又像是諸葛亮的八陣圖。

金門島處處使我想起希臘神話——也許我是太愛希臘神話了。尤力昔斯帶著一船勇士在海上流浪，他的妻子潘娜洛比在家中日夜織布，苦苦盼望他回去，結束她的活寡生涯，然而他滯留在女妖猞西 circe 的小島上，荒淫無恥，樂不思蜀。

這樣的比譬，稍嫌不倫，然而，金門島上的防禦工事再堅固，勇士的士氣再如虹也無用，也徒然，因爲他們不能帶我們登上那對岸一衣帶水的廈門去作還鄉之旅。

但是，別忙，已經有旅遊社在未雨綢繆作「金（門）廈（門）之旅」的「沙盤推演」了。大概快了吧，我追問時，導遊小姐這樣回答。到時候我一定第一個向你報名，我又對她說。

時間該是在兩岸直航之後吧？她又說。

金門人是迷信的，這也像希臘人（希臘人崇奉多神，是「宿命論」者，而宿命論者必迷信）。金門人的迷信很奇怪，是薄古厚今的。我只看到一座海印寺，供奉的大概是位古代的神祇，其他的都是「今」神：李光前將軍（其實祂壯烈成仁時，不過官拜團長）；烈女王玉蘭，又稱王仙姑。這些「今」神最大的本領據說是「會托夢」——而古代的神祇反而不大會托；托給很多人，繪聲繪影，言之鑿鑿，所以感動了鄉人，替祂們造了廟。廟裡坐著的塑像，只是普通寺廟——甚至土地廟也得見的黑漆神像，不是祂們的「本尊」原像，這一點實在馬虎，職司者有點愧對今神，我代他們抱歉。

金門人不知道航海不？我沒有看到一座紀念媽祖的廟宇，可見神祇也是有區域性的。這一方的神聖，到了另一方，可能瞠目不知以對，眞是不知是何方神聖了。

他們最有興趣的，據說是李光前將軍、王仙姑；祂們才是金門的守護神，祂們身上披掛的金鍊、金鎖片，壓得祂們都快直不起腰來了，這當然是祂們靈驗、有求必應的最佳佐證，導遊小姐這樣解說。

祂們如此地受歡迎，也許與軍方的刻意宣傳有關吧？李將軍是湖南人，調到金門島，三十九年十月，立刻遇到共「匪」襲擊金門，他是在到職後的次日下午，壯烈殉職於某地，現在就在染過他鮮血的此地，蓋起了一座李光前將軍廟。爲國犧牲時，李將軍正値英年，是三十二歲。

我替李將軍的牌樓（正中有一枚青天白日的國民黨黨徽）拍了照，又在那頗爲簡陋的神龕前佇立良久，很想口沾一詩，可惜詩興雖有，詩才卻無，只好用散文「以茶代酒」，聊表敬意。

我想吟哦的是：耶穌、西門慶、李光前都歿於三十二歲，一種奇怪的巧合。三人一死於「道」，一死於「慾」，一死於古寧頭之役（偶然）。古寧頭是反共戰爭中，唯一一場戰勝敵人、勝果輝煌的戰役。李將軍不前不後，像命中注定似的，選取了十月中的這一天在古寧頭之役陣亡，所以在青史上留了名。他的死，與徐蚌會戰中的邱清泉、黃伯韜是等價的嗎？還是因爲古寧頭之役勝利了，渺小的李將軍（其實是團長）才受到八方的器重？李將軍的留名青史，大概逃不了世俗淺見的「成敗論英雄」之譏嗎？

再者，李將軍如果僥倖不死，因爲戰功彪炳輝煌，他會熬成一個郝伯村，一個王昇，還是另外一個孫立人——還是碌碌無所爲，不被當局所用，老死戶牖之下？——這又是佛曰「不可說、不可說」了。

「凡事多想了是不行的」，張愛玲這樣警惕我們，信然。

王仙姑的神蹟，更是「不可說、不可說」了。

王仙姑（閨名王玉蘭）是廈門對岸漂來的浮屍，被金門年輕的守衛戰士發現時，全身赤裸，據說是匪徒對她進行凌辱，她抵死不從，終以身殉，漂過海來，栩栩然飄飄然，「羽化」成爲仙姑。

王仙姑的故事證明了一點：「眞事往往比虛構還要離奇。」

她的金身是靠鄉民連續的耳語締造出來的，最後連南洋富甲一方的僑領也風聞到她的節烈，慨然捐資，替她建了廟，廟旁還有她的香塚……

她是昭君「獨留青塚向黃昏」的「歪改」(parody)。

她是貧女，在對岸拾荒爲生，貧女有這樣的節操，更符合了金門人的「角色模範」，更令人肅然起敬。

還有一位神祇，原本就是金門的守護神：風獅爺，是掌理天候的神祇。金門風大，拜祂，可以轉換風向，不致正面受敵，有效！

中國人舊禮俗中的忠、孝、節、義，金門當局（想來是軍方？）只提倡忠（李將軍）與節（王仙姑），而不重視孝與義——至少我旅遊的三天之中，沒碰到有關「孝」與「義」的具體表彰。也許是我逗留的時間太短，沒有見識到；也許是當局故意「淡化」、「模糊」孝、義。是耶，非耶，未敢妄擬了。

金門是美麗的，因爲遍地的沙壤，再加上高粱秫稭，人煙稀少，在陽光下坐著遊覽車一晃而過，頗有北國風光的意境。有一處，是包括在第一天行程在內，記不清楚是不是在「文武台古塔觀海」？沿著古塔攀緣上去，成片的巨石上，開滿了紫紅色的藤蘿花，遠處是一片瀲灩的波光，海的對面，就是廈門了，眞是咫尺天涯啊！

杜甫《秋興八首》中之〈其二〉的佳句「請看石上藤蘿月，已映洲前蘆荻花」，是這張照片的最佳註腳了。

藤蘿與蘆荻花也是點綴金門秋光的秋花秋草。

金門盛產高粱酒（還有一種陳年高粱更爲名貴）。

在一處名喚「紅高粱」的茶餅舖二樓，出資二十元台幣用望遠鏡可以眺望到對岸廈門大學，大學門前的沙灘上，有一個人在騎著馬試步，狀至優閒。

他們聞不到戰爭的氣息。

騎士緩步試蹄的鏡頭，看了令人悠然神往。

民國三十九年，他們發動的古寧頭戰役，出發點便是廈門大學，不過全軍覆沒，功敗垂成。

古寧頭戰史館口沫橫飛、滔滔講述勝利奇蹟的年輕小姐，居然不知匪方將領爲誰。問起來說她年紀太小，當時還未出生。

倒也「理直氣壯」。想起四月裡，二姊（她是老解放軍）告訴我，那人的大名是葉飛吧？這講解員未免太過於強調「知己」、而不「知彼」了。

居安應當思危，而知己不知彼，殆矣！當然，敗兵之將，何敢言勇？葉飛是敗將，草莽不值一提了，當然應當是無名的。

啊，金門！

酒仙與木心漣漪

不知從何時開始，坐飛機成了一樁苦事。七四七大型波音空中巴士，名副其實，是一輛跑長途的「灰狗」(Greyhound)；乘客擠得像沙丁魚，膝蓋一下子便碰撞到前座的椅背，說是「踩到鐵板」亦不爲過。等到「豎直椅背」的燈號一熄，前座一個大胖子的座椅山一般地向你斜斜壓了下來，你只好蕭規曹隨，將苦難轉嫁到後一位乘客身上去，管他是小姐還是紳士。所以，每當我看到那「豎直椅背」的警訊一過，便下意識地感到，儘管飛機已經順利升空，大難已經沒了，小難卻接踵而至，因爲我要在這間狹小緊閉、人口稠密到不近人情的空間，起碼折騰上十數小時——一個大白天的辰光。

所以我每次帶到機上準備「惡補」一下（因爲教書的緣故）的書籍，都無法達成任務。

這次行色匆匆從家中趕到LAX（洛杉磯機場），因爲晚到，座位已經劃不到窗口或者走道的位置，只有「夾板」（中座）侍候了。

所以，空服員指指點點，引領我翻山越嶺，找到座位、面對現實時，我心裡暗叫一聲不妙，這次刑罰變本加厲，恐怕不止是「夾板」，是「拶子」侍候了。

已經有一位乘客坐在靠窗的位置上，是位洋人，年齡與我差不多，腰桿卻比我粗——本來，老年人的腰桿都是粗的。

洋老爹主動跟我打招呼，我也只得回敬一兩句。

坐定後，遍尋不著飛機上的另一種「刑具」——安全帶上的套鉤，身體扭來扭去，驚動了這位正在閱報的芳鄰，他一陣哆嗦，遞過了那隻亮閃閃的手銬，一面說：「抱歉」——他套錯了我的那隻。

我連忙答稱：「沒關係，別客氣。」又搭訕一句：「看樣子我們要在這兒『受困』(crammed) 十幾小時了。」

空服員跑來問我們要喝些甚麼，洋老爹要了雙份加冰塊的馬丁尼，我則循例要了一杯番茄汁。

「酒鬼?」我對自己說：「洋人就算嘴裡不承認，到頭來都是酒鬼。」我又在心裡嘀咕。

但是他手裡那份英文報上的新聞卻深深吸引了我的興趣——那則新聞與南卡州共和黨

的初選有關。

「這位馬侃先生的希望很大啊！」我指著報紙上的約翰．馬侃照片說。不知從何時開始——也許該從他贏得新罕普郡的初選那天算起，此公已成爲逐鹿共和黨總統候選人的一匹黑馬了。最新一期的《時代》雜誌封面就選中了他，春風滿面，笑得連上排牙齒最後一粒銀牙都露了出來。

誰知無意間的一句客套話，竟引逗得隔座鄰翁談興大發，他一邊啜飲著手裡的馬丁尼，一邊侃侃而談馬侃的好處。沒想到吧，在被中國佬（Chinaman）擠得水泄不通的飛機座艙裡，超過兩萬五千呎的高空上，竟然讓他找到一名馬侃參議員的知音，怎不令人興奮？

老先生所談有關馬侃的好處，我並沒有完全聽進去，也並不全懂，只依稀記得《時代》雜誌提供的資訊告訴我，馬侃與其父一同參加二次世界大戰，父子兩人成爲袍澤，一時傳爲軍中佳話；馬侃於戰後又再度投效越戰，不幸被俘，在俘虜營待過一段漫長的歲月。想起這段非人的日子，馬侃會用種族汙蔑的言詞來咒罵他的敵人……單憑這些小小的吉光片羽，應付目前的談話空隙，足足有餘了。

末了，我又加上一句：「馬侃的夫人好漂亮啊！」

極平凡的一句話，竟然引起我身旁的這位馬迷連珠炮似的讚詞：「當然，她是××公司的總裁，她父親遺留給她的產業。她本人豈止是美麗非凡，幹才更是亮麗照眼，brilliant ，無人可比！」

爲甚麼對這位美國準第一夫人知道得如此清晰，很簡單：「因爲我是他們的同鄉，我也是『挑山』(Tucson) 人呢。」

「所以，在我登機以前，我搶先在『挑山』投下了一票。」

既然這位到目前我尚未請教尊姓大名的老先生對選舉總統如此感到興趣，我倒想乘機詢問一下他對台灣迫在眉睫的總統大選有何感想了。我不嫌冒昧地發問，不過採用迂迴的旁擊式：「據我所知，台灣的總統選舉，卻是另外的一種球戲 (a different ball game) 呢。」

「所有的政治遊戲都是差不多的。不過我已經厭倦了華府政客那套騙人的謊言，選民不止一次上了他們的當：最會說謊的柯林頓如此，高爾如此，小布希也是如此。至於馬侃呢，他比較直爽，他是一條血性漢子，會給當前汙濁的政界注進一道清流。儘管我不一定完全贊成他的看法，他是保守的右派。他又是唯一的可以制衡高爾的高手，別說小布希，連老布希也打不過柯林頓！」我的芳鄰滔滔不絕地作出他政黨輪替的結論。顯然，他對我們的總統選舉沒有興趣，也許完全無知，所以隻字不提，含混過了關。

我們逐漸熟稔起來了，他讚美我的英文，說我的英文說得跟土著一樣流利，這話聽來受用，我也就笑納了。並且對他說，我移民美國快三十年了，來的時候又是留學生，英文說得好，也是意想中事——這自然也是事實，不帶自炫的成分。洋芳鄰又叫來一客馬丁尼，他的酒窖剛才掘開，芳香的酒液，正在汩汩湧了上來。我們又不著邊際地聊了一會，這時他了解了一下台灣的外匯行情。長住美國，我知道老美對金錢也是斤斤計較的，不過他們的吝嗇與老中又有不同。這位洋老爹想必已經退休了，到東方來逛逛。看來不似商圈中人，否則他會坐華夏艙。傳教士？也不像。當然不會是教師，因爲文化氣息不夠。FBI？更離譜了。算了，總之難猜。

這時飛機遇到了輕微的亂流，他立刻將兜肚帶綁了起來，又低頭囑咐我這樣做。

我乘機瞄了瞄不遠處的電視銀幕，好傢伙，我們已經飛行了近三小時了，有人聊天時光是容易打發的。

晚飯過後，洋老爹拍了拍微凸的腹部，打了個飽嗝，一面道著歉，一面說：「中國菜，Chinese food。」其實，空中餐廳準備的「便當」不中不西，不鹹不淡，並非道地的中國菜，總之不對胃口，不過唬唬洋人足足有餘了。酒醉飯飽後，老爹道了一聲歉，說他要瞇唿一會兒了，簡直把我當作他在空中新交上的朋友了。說罷，蜷縮到窗下，拉起毛毯，果眞夢他的周公去了。

機艙的燈光暗了下來，華夏空中電影院的影片登場了，剛好是我亟想一睹為快的《天才雷普利》。我戴上耳機，聚精會神地聽，聚精會神地看。故事有點像亨利·詹姆斯的《大使》，也是美國浪子在歐洲久羈不歸，富可敵國的老爹派遣一位「大使」想把浪子勸服回美，不過這次擔任斯職的不是詹姆斯筆下垂垂老矣的史垂澤，而是有點像《沉默羔羊》中那位有著超人智慧的冷面殺手、青年才俊雷普利君。麥特戴蒙 (Mat Damon) 的表演是精彩的，與他演對手戲的兩位去年都與奧斯卡金人兒沾過邊的女演員，反而被他比了下去。但是，電影不是演技競賽，還得有些別的。看了半天，我被離奇的情節弄迷糊了。這電影不錯，故事就是不令人信服——不像《沉默的羔羊》，離奇得令人「寧可信其有」——這就是「天才」與「凡才」的區別嗎？還有，片名似乎可以加上一個字 Invincible，變成 The Invincible Talented Mr. Ripley 會更好。Invincible 在英文中有絆不倒、征服不了的含義。雷普利君將天下蒼生儘玩弄於股掌之中，不正是 Invincible 嗎？當然，這個字可能深了一點，一般人不容易懂，影響了票房，可不是玩的。好萊塢高人甚多，不是沒有想到，只是想到了沒有用而已。我這樣想，好像也沾上了李敖的狂氣——回台後，多聽了幾次李敖競選時的談話，不免也狂狷起來了，趕快打住，這作風不好。

燈光復明，電影院打烊——我們已經在飛機上整整耗了八個半小時，時間過得不算太慢啊，還有五小時我們就要抵達了，趕快再找點題目跟我的芳鄰聊聊吧。

他也停止了「午休」，醒過來了，又向空姊要了一份威士忌蘇打，又吩咐多加點冰塊——真是酒仙李白哪。

談些甚麼好呢？我斷斷不能問他的婚姻和兒女，這在素昧平生的洋人之間是一種禁忌，除非他自己提起老婆兒子女兒甚麼的。我便順口聊起剛才看的電影錄影帶，又加上一句按語，時下的好萊塢電影都無甚看頭，連這部獲得好幾項金像獎提名的影片也不過爾爾。他同意，又說他有好久沒上電影院了。

A loner（一個離群索居者）？A widower（鰥夫）？我知道美國有很多老人非常愛看電影，並不像西門町、華納威秀影城，看電影的儘是年輕人。這位老先生多半是找不到伴才放棄看電影的吧？近年來電影乏善可陳，也是令人望之卻步的一個主要原因。

「美國的商業電視也多半不好看」，我順著他的思（絲）路扯下去，然後，有點大膽地試探著說：「不過，在洛杉磯的公視電視網，我看到一個令人難忘的節目，是每周固定一次的「情節單元」(situation drama) 有時喚作 sit comedy（單元喜劇），名字叫作Keeping up Appearances——」我一字一頓地說出那單元劇的名字，像在放送一隻試驗汽球 (testing balloon)，預防我的芳鄰若無絲毫回應時，立刻收回這球。

出人意外地，這枚試驗球竟然散放了極大的魅力，我的朋友非常興奮地說：「那眞是一個了不得的節目，我每到星期五都要收看這個節目。」

「我也是呀！」我連忙接口說：「我每次從台北回到洛杉磯，都會囑咐我的老婆提醒我，不要忘記收看這個節目。」

原來我們不但是馬侃參議員的知音，同時也是 Keeping up Appearances（可譯作《面子攸關》）單元喜劇的同好。兩人一東一西，卻緣分匪淺，情鍾一物，怎麼說呢？太好了，太好了，如果不是在捉襟見肘的狹窄機位上，我們大概會握一下手，雙雙擊掌以示慶祝之意了。

然後我們不約而同地哈哈大笑起來，鄰座的一位華夏同胞面露駭異之色，以爲這兩位既不同文又不同種的老人，可能神經有點毛病了吧！

《面子攸關》是英國國家廣播公司 BBC 製作的一個喜劇節目，我們剛才忍俊不禁，也是因爲想起劇中人的滑稽突梯，實在不能不笑。要怎樣介紹這齣傑出的喜劇（其實是屬於鬧劇的範疇）呢？恐怕非我這一枝禿筆所能勝任。故事是說一家子有三姊妹（在戲中都是中年婦女），大姊風信子 (Hyacinth) 嫁了一名中產階級的白領人員理查，二姊雛菊 (Daisy) 在大姊眼中是「下」嫁了，委身於一名藍領階級的工人翁斯羅 (Onsloo)，這名翁斯羅恁事不幹，每天在家專門敲打他的老爺電視機、看足球比賽、喝啤酒。三妹玫瑰(Rose)是花癡，每天在外面交男朋友，自己雖然已經年紀一大把，又醜，卻保有一雙美腿，所以經常穿著迷你褲在大街徜徉，居然有男人當街對她吹口哨。大姊住在中產階級的住宅區，每天幻想自己舉行燭光晚宴(Candle-light supper)，招待英國皇室，所以最講究衣著，尤其注意的是她頭頂上的那頂女帽。「你注意到了嗎？風信子的帽子，使人想起太上女皇頭上的帽子，對不對？」我的朋友提醒我。

「對，對。」於是兩人想起風信子女士戴著太上女皇帽子的模樣，又呵呵笑了起來。

風信子女士是一個愛面子十足的婦人，她每天遇到的困境，便是如何擺平面子與裡子之間的問題，因爲裡子與面子之間的落差太大，常常使她顧此失彼，爲了保全裡子，喪盡面子；甚至裡子、面子全失的時候也有，而這齣單元喜劇的笑（賣）點也正在這裡。舉例來說，在她的牧師(Vicar)與中產階級的鄰居伊麗莎白之前，她最怕那不愛穿襯衫的妹夫以及露腿露臀的妹妹玫瑰替她丟人出醜。偏偏兩人最愛在最不該露面的場合來鬧場，弄得她狼狽不堪，落荒而逃。這齣在全美公視劇場連映數年屹立不倒的鬧劇，將歐美人士愛面子活受罪的民族劣根性，諷刺得體無完膚。譬如說，風信子夫家姓桶(Bucket)，明明應當讀作「柏克脫」，她偏要別人讀成「布k」——表示出身貴族，是天潢貴冑的族裔，弄得鄰居、教友視她如寇讎蛇蠍，雖然心底恨得牙癢癢地，面子上還得跟她敷衍——這就是英國人。

「雖然有點過分，不過看起來實在過癮。」我的芳鄰笑著作出結論，我完全同意。

「最難得的是選角恰當，眞是不作第二人想。」他又加上一句。

「說得是，這是多年以來，我最愛看的一齣喜劇秀。」我緊跟著唱和說。

「你想這樣一齣戲，在台灣找得到它的知音嗎？」

「我想不容易，因爲文化上的差異，台灣的觀眾，恐怕不容易欣賞風信子女士以及她的妹夫翁斯羅散發的喜趣與幽默。」我不假思索地回答。

那天在飛機上度過的十四個小時，是我十餘年來在台美定期的穿梭來往旅程中最難忘的一次，也使我認知到自己的跨國特性。我遇到一位酒仙，他並非知識界的菁英。眞正的菁英分子是勢利的，他一定不屑與我爲伍。而我自己呢，年紀越老，像樹木的年輪越多，生活的壓力下，日子過得乾燥無味，像木心裡的花紋漣漪（張愛玲語），雖有圖案，但無水分滋潤。是怎樣的一種機緣下，使我敞開心懷，與一位異國的老人，共度了這一段難忘的時光？我相信他下機後也會感慨良多、心有戚戚焉吧？

可憐的「小弟」

——我訪張子靜

一

我既然被稱作「張迷」，張愛玲女士逝世後，除了她的摯友炎櫻，她的「小弟」張子靜也成爲我心目中必訪之人。炎櫻迄今下落不明，而張子靜卻是有案可稽、有路可循的。

感謝華東師範大學圖書館館長陳子善先生，他是張愛玲研究的大熱心人。春假期間，我四度來到「故鄉」上海，蒙他不棄，先帶我訪問了張愛玲的故友柯靈（高季琳）先生與他的夫人王國蓉女士，同一天我們用「闖空門」的方式去拜訪張子靜（因爲他沒有電話）；誰知撲了個空，他湊巧出去了，我們見到他，是第二天上午。

張子靜先生在我的印象中並不陌生，因爲在《我的姊姊張愛玲》一書中，我就了解到他是怎樣的一個人；但仍然令我吃驚的一點是：張愛玲的高䠷細瘦，與張子靜的矮胖敦實，恰恰成了一個有趣的對比。《對照記》中，有一張張愛玲與李香蘭的合照，她說攝影師怕她們身材懸殊，拍出來會相映成趣，因此端來一張椅子，讓張坐在那裡，結果李變得「侍立一旁」，張也覺得尷尬彆扭，一張照片拍得缺乏默契，不甚理想。夏志清說得更妙：張與李非親非故，這張照片很不該拿出來（該拿出來的是她的摯友宋淇夫婦，也許也包括夏志清本人，不過他不好意思說出來）。不過我深知張愛玲，她除了是「衣服狂」，又是「名人狂」，所以她母親熟識的朋友裡頭有徐悲鴻、蔣碧薇。她後母謝媒酒的貴賓中，有陸小曼、「趙四風流朱五狂」的朱氏姊妹；她表妹黃家瑞更不用說，就是「電視明星張小燕的母親」。這一點「擺噱頭」，張愛玲很像舊式的「上海人」。其實，她自己就是一顆亮晶晶的明星，大可不必這樣心虛。

閒話表過，且說長大後的張子靜，與乃姊張愛玲想必不曾拍過合照；否則一定也會高低參差不齊、相映成趣的。

二

張子靜的住所是在江蘇路愚園路口，一條長長弄堂的轉角口。弄堂兩旁低矮破舊的住戶，聽說今日正在等待拆遷的命運；不過住戶們沒有跟市政府鬧鬥爭，反而殷切盼望這一天的到來，到時候他們就可以有十幾萬人民幣（在今日大陸是一筆不大不小的數字）的搬遷費可領了。

張子靜的起居室兼臥室，眞是屋小如舟，擱下一張床，一張書桌，剩下的兩把（還是三把？）椅子，坐不下四個人，所以只好委屈陳子善先生與老友朱乃長教授坐在他的床上。那張床是室內唯一一方令人豔羨的地方，床單很新很乾淨；其它的箱籠衣櫃，我們在《我的姊姊》一書見識過，老舊得可以充當歷史見證物，擱在新開幕不久的上海博物館展覽了。

就這樣的一椽小屋，在住屋緊張的上海，還眞是得來匪易，接談之下，原來就是他尊翁張志沂先生留下的。一九五三年，張老先生在此斗室內過世，後母孫用蕃繼續留居，一直住到一九八五年，也過世了，「物業」才輾轉落到他名下，這才有資格住了進來。

（這裡面有一段曲折，因爲後母在世時，曾立逼他將戶口遷出江蘇路，戶主改成他舅舅，張子靜再馴良老實，也感到茲事體大，性命攸關，甘冒著「不孝」大不韙，不肯簽下字。否則，他在上海市區今日就無立錐之地，也可能像張愛玲在《半生緣》裡寫的曼璐，

「更流落」了，當然，我們也就更不容易「尋找」他的下落了。根據陳子善的陳述，能夠找到子靜君，很費了一番周折呢。

三

坐下來，我們談話的鏡頭，是從張母黃素瓊女士身上展開的。這位三〇年代開婦女解放先河的女性，不但思想開放，行爲也的確豪放不羈，與眾不同，而且令人難以揣摩。聽張子靜樸素的形容，他母親不大喜歡他——不但不喜歡，而且帶著一絲憎惡。他三歲的時候，母親便隨同姑姑放洋去了，他跟著父親後母過活，一直到一九四七年，抗戰勝利，他母親再度回國，這才母子團圓，也不過匆匆見了一面，在國際飯店，那時張子靜已是廿五、六歲的青年人了。那年也是他舅舅五十整壽，做生日，母子去拜壽，他只是鞠躬如儀，沒有行跪拜之禮，他母親不悅（這一段他在《我的姊姊》一書寫過）。我想還有一個隱秘的原因：張子靜可能不是一個聰明機智，敲敲頭腦殼、腳底板也會響的人。張愛玲在《必也正名乎？》一文中諷刺過他弟弟的名字，「甚麼不好取，偏要叫子靜？」又說「柴鳳英，茅以儉」的名字，「其中有人，呼之欲出」，言下之意，似有意把她的弟弟張子靜，與柴茅等寒微之士劃等號。張母黃氏可能跟張愛玲一樣，也獨鍾聰明人，所以對愛女勤加灌溉培養，希望她有朝一日出人頭地，出盡她胸中這股男女不平之氣。根據張子靜透露，他母親並無意看見自己女兒成爲名女作家——雖然她自己也喜愛閱讀茅盾與老舍的作品，也許文人命途多舛，她有所不取；她只希望女兒會彈彈鋼琴，有點西洋方面的知識，會交際，將來嫁給一個闊人貴人，最好是個高官（不過不大可能是胡蘭成那種漢奸一型的僞官）。張愛玲日後的發展，黃素瓊不一定滿意；相反地，可能還有點失望（此所以張愛玲在《對照記》這樣寫：「我在港大的獎學金抗戰勝利後還在……結果我放棄了沒去，使我母親非常失望」。）

張母黃素瓊女士對張愛玲的失望，恐怕像對她弟弟張子靜，還不止此點。

四

我對張母的興趣，是她到底交了多少個男朋友？我的推測是不止一個。民國二十六年，張子靜回憶，他母親再度回國，安排他姊姊留學之事，一方面分到了他外祖父的遺產：舅舅分到的是田產，母親分到的是古董首飾，這時候他母親住在今日武定西路一家名叫開納的小公寓，與舅舅家比鄰而居——舅舅家住在明月新邨。這一點，張愛玲在〈談吃與畫餅充飢〉

一文寫過，她說有一段時間常常到斜對面舅舅家吃飯，手裡捧一盤蒜頭炒莧菜，「絲絲縷縷粉紅碧綠的莧菜很像一盆花」；又在〈私語〉裡說：「這時母親的家已不復是柔和的了。」所謂不復柔和，想必有第三者滲入，添加了陽剛（與柔和相對）之氣，使張愛玲這個快到及笄年華的少女，感到礙手礙腳，不自在，尤其像張愛玲那種極端敏感之人，所以常常仰天自問，她母親對她所作的種種犧牲是否值得，因爲她母親是個注重個性發展之人。在這裡，我要學舌一句張愛玲：「恨不能夠坐著時間機器回去」，竊聽一下兩位同屬才女、母女之間遇到此一尷尬課題時的對話，想必會很精彩。

張愛玲再叛逆大膽，也不敢去碰撞她母親的這點隱私權吧！

五

是否眞有一位男友滲雜進來呢？張子靜不敢確定，因爲那年抗戰爆發，他舅舅一家搬回蕪湖老家去了，後來又搬回上海的，而且，今日黃家姊弟凋零殆盡，也恐怕死無查證了——我們可以憑藉的，只有張愛玲的「自供」。但是，黃素瓊果眞若有男友，是否就是那位後來死於星加坡戰火的美國皮貨商人，還是另有其人？要是不是他，我們能夠數得出來的張母男朋友，前後該有三位了——其中當然包括戰後的那位？《對照記》裡，頁二六、頁二七刊登的黃素瓊照片，一張在法國郊區，一張在海船上，後一張顯然是在歸國的海船上攝的，年代應是一九三七。攝影師是誰？我猜便是陪同張母一同回上海的那位洋男友，極可能便是那位皮貨商人。否則，掐指算來，黃素瓊的男友，應該不止兩位。

這樣一推斷，思想走在時代前端的張母：離婚、歐遊、交國際男友、枉顧當時的閨範閫訓，眞正令人刮目相看，所以寫到她母親的事蹟，張愛玲也情不自禁翹起了大姆指：「湖南人最勇敢！」

底下不言可喻的一句自然是：「湘女（最）多情」。

張子靜言談之下，似乎對於乃母的羅曼斯興趣不大。

勝利後，時代變了，張母年近「知命」，堂而皇之帶著男友連袂回上海，住在張愛玲與她姑姑同住的常德（原赫德）路公寓附近。這位外國男士，不可能是那位美籍皮貨商人——因爲他已經死了。但也可能是第一位，那位在海船上替她拍藝術沙龍照的神秘戀人；否則，應該是位新人，也就是第三位了。

張子靜告訴我們：他母親曾經在巴黎開過一爿時裝店。《對照記》中，頁八四，張愛玲替自己的一張派司照，作了這樣的註解：「攝影師是個英國老太太，曾經是滑稽歌舞劇(Vaudeville)歌星，老了在三藩市開爿小照相館。」

觸類旁通的她，是否觸景生情，想起了有著類似命運的母親？

六

關於胡蘭成，張子靜說，大陸上對於他有不同的意見，主要是因爲此人是漢奸，我說台北對胡先生的風評也不甚好，這一點，兩岸的口徑倒是一致，沒有南轅北轍，最近，大陸因爲張的逝世，鬧「張愛玲熱」，上面基於「漢奸」、「反共」種種理由，已有「批示」下來，希望媒體自動降溫，至少不再公開提張愛玲的名字，也是一種和風細雨委婉式的「整風」。我告訴張子靜，此刻的台北，也產生了類似的效應，不過發自民間，而非官方，畢竟台灣是個民主的地方，因爲張愛玲這個名字炒得太熱，大家感到膩了，煩了，「火熄了，灰冷了」，也是一種「殊途同歸」吧?!

七

張子靜說，他從來沒有見過胡蘭成——小舅沒有見過姊夫，奇怪吧？炎櫻倒是見過，在她姊姊的公寓，「人頂爽快」，想必是「唧唧喳喳，講個不停」的那種人，也是張愛玲「對腳趾」(antipodal) 一型的那種人，所以成爲張一生的知交——想必張有的，炎櫻沒有；炎櫻有的，張沒有。兩人終身的「手帕交」也紮根於此，用心理學的名詞稱之，是一種「互補」作用(compensation)。

張子靜說，他姊姊愛上胡蘭成，家人都蒙在鼓裡，父親也不知道，「漢奸這點不去講，道德品格都不好，柯靈也勸她不要跟他來往」，張愛玲就是不聽：「溫州之行後才斷」，結束了這場被胡蘭成誇稱爲「金箔之戀」的感情。「和胡在一起，主要是因爲要特別，做給大家看看」。

講到這裡，我只感到張子靜出生的閥閱世家，所謂「喧赫舊家聲」，從祖母（李鴻章的長女）開始，他父親母親，他姑姑，下及他姊姊，甚至連他自己，都與常人不一樣，很難令人理解，是一個謎，一個常人想去破解這個謎，不但吃力，而且肯定難以討好。

我相信張子靜年輕的時候，可能也非今日這副模樣，爲甚麼變得連「說話都嫌多餘」，是另一種說不盡的鼓兒詞，可惜我們沒有興趣聽了。

但是他對於《滾滾紅塵》這部早被遺忘的電影，卻像是昨天剛看過似的，而且忿忿不平。他說這部電影因爲渲染漢奸，在上海只放映了五天（我看這裡最近在逸夫舞台上映的《宋家三姊妹》，賣座也很慘，我去看了日場，觀眾只二十二人，聽說比起受觀眾歡迎的《離開雷鋒的日子》、《紅河谷》、《夫唱妻隨》，賣座差得遠），但是他還是去看了，一看之下，看出很多漏洞來。比如說，電影裡張與胡早就認識，這與事實不符。有一個鏡頭，說張被關了起來，有人從天花板上扔東西進來救她——沒有這一種結構的房子，也不符合實情。另一點是「美化」胡，有一次張與炎櫻到長春，三人同坐出租車，中途遇到日本憲兵，搜查時胡掏出派司，日憲立即對胡敬禮，太抬舉胡了，也與事實不符。

《滾滾紅塵》早被人遺忘了，連編劇三毛也死了。何況這部電影屬於「對號入座」級，並未公開宣稱這就是張胡那段「花憶前身」的「傾城之戀」。張子靜卻偏要學舌寶玉：《紅樓夢》裡，劉姥姥爲了討好賈母王夫人一干人，編了個小姑娘雪地抽柴烤火的故事，「情哥哥」寶玉聽了卻偏要尋根究柢起來，要村嫗劉姥姥怎樣「圓謊」呢？

我聽到這裡，也像劉姥姥一般，呆在一旁：子靜啊子靜，你要我怎樣代三毛解說？

八

張子靜一生未娶，與胡蘭成，還有張愛玲筆下的姜季澤、喬琪喬、哥兒達、范柳原這些風流浪子又是「不能比、不能說」了。張愛玲家中的人物，也多是「不能比、不能說」的。張愛玲的死訊，張子靜說，他是從報上得知的，聽了以後，非常難過。他說這話時，那一雙屬於老人佈滿紅絲水汪汪的大眼——這雙大眼還有那懸膽鼻我在二十六年前的張愛玲的臉上見過——似是一剎時又溢滿了淚水——當然沒有！他此時獨居在陋室裡，無人相伴，唯一伴他的是他姊姊留下的一疊張愛玲全集，堆在他打理得十分整潔的床上，枕頭旁邊；很像最近改編自亨利．詹姆斯的電影，是《伴我一世情》了。

可是他姊姊對他卻是「天道無親」的，這一點他在《我的姊姊》一書中曾有所說明，這本經台灣名作家潤色後出版的《我的姊姊》，他說「整理得很好」，「但少數地方沒有用到」，問他準備寫嗎？他說要，不過尚未動筆。

訪問到這裡，張子靜又主動告訴我們，他藏有一條張愛玲在聖瑪利女校就讀時用過的羊毛毯，那是他姊姊離家出走時忘記帶走，後母交給他來保管的。是凡張愛玲的遺物我都有興趣一看。他翻箱倒櫃好不容易才找了出來，差一點找不到，他一面叨叨地說：「奇怪，前一陣子我還用過」，一面說著，在大家一片企盼、唯恐交臂失之的眼光下，把這條單人用的淺棕色近乎拌和過牛奶的咖啡色毛毯拈在手裡讓我們看：一甲子（六十年）的歲月過去了，這條質感很好的外國毛毯，上面有三三兩兩玉連環般蟲蛀過的圓孔，還有英文字母、號碼，想必是張愛玲住校寄宿時學校發給學生用的。令人吃驚的是：這條毛毯至今鮮豔如昔，顯示了前朝人製物時精益求精的精神，眞是一絲不苟啊！

要是他知道台北最近正在舉行張愛玲遺物展，他一定會慷慨地把這條毛毯捐贈出來，讓萬千讀者瞻仰一番的。

九

甚麼事都遲了一步，甚麼事都落在乃姊後面。張子靜懷著名人子女的「歇後哀」，一級一級走向自己的定位：一個沒有光的所在。

我爲張子靜不平。他眞是生不逢辰，這句成語對他應該另有一番解釋，不說讀者也會了解。

可憐的「小弟」，可憐的張子靜。

《赤地之戀》裡，張愛玲引用了黃仲則的兩句詩：

「易主樓台常似夢，
依人心事總是灰。」
用它們來刻劃張子靜此時此刻的心情，想必是很適切的。

（九七、四、八、訪上海歸來後第二日）

一九四四至——？

寫在張愛玲女士逝世二週年

一

張愛玲女士的〈一九八八至——？〉發表於去年十月份皇冠，是一篇生前未發表的散文，在我們翹首盼望她〈小團圓〉的同時，先睹爲快的閱讀這篇同樣精彩的絕作，也可說是「慰情聊勝於無」了。

拜讀這篇女士的「近」作，與數年前刊載在「聯副」的〈草爐餅〉，還有八四年因爲獲獎在「中時」寫的〈憶西風〉，風格相埒，同屬心情悽厲、悲愴之作，不過在客觀寫實的掩體下，一晃而過粗心的讀者往往被她瞞過了，這也是她最鍾意最拜服的曹雪芹筆意，「夾縫文章」是之謂也。

我稱呼這一種文章爲「借物言志」書寫。

〈一九八八至——？〉不到兩千字，通篇棄用「我」字，是女士喜愛的禿頭句子，用來強調客觀純淨，與讀者保持距離，像康拉德的小說喜用敘述者；其實這位「禿頭女高音」（一齣伊翁尼斯科劇作的名字）的唱腔用氣，句句有「我」在，豈容她輕易狡賴得過？

文章前一半（約近一千字）寫物寫景，唯寫的是異鄉美國的景色，還有美國的特產——汽車，迥異她流言體的散文風格，亦即是背景不再是上海，同時文內又缺少了「三位一體」的炎櫻與姑姑；還有，文章觸犯了她自己設下的禁忌，在汽車上大作文章。她曾經對於梨華說，她的小說怎麼寫來寫去都是汽車？因爲小說是以寫人爲主的，汽車不過是物。即使用汽車作「意符」，也不過用來陪襯人物，斷不可喧賓奪主。現在她自己出爾反爾，大寫汽車，讓言猶在耳的她的仰慕者（我也在其中）看了，豈不貽笑大方？

我猜這也是女士遲遲不肯把這篇散文拿出來交卷的一個隱衷。

其實世上只有寫得好、寫得不好的文章，沒有不値得一寫的事物。新近過世的大陸作家汪曾祺便極喜寫物，記得他有一篇〈鴨子〉眞的把這扁毛畜生寫絕了。女士也喜愛閱讀汪氏小說，曾經在〈草爐餅〉中提到他的《八千歲》，不過「隱姓埋名」，只說是大陸小說，我也是從《八千歲》才夤緣「尋訪」到汪曾祺的。汪氏的作品舉重若輕，像一幅幅光溜溜豔緻緻的緞子，甚麼都是一滑而過，不留一絲痕跡——據說充滿了禪意，人生往往也是這樣的吧？事如春夢了無痕。「死亡使人平等」，這是女士平日最服膺的一句名言；然而，她更進一步的推論，「不到死亡人就平等了」。汪曾祺的小說，憑藉內涵與行文風格，處處凸顯了這一點——世上萬事萬物，包括感情上的大起大伏，沒有甚麼大不了的，也不值得我們這樣瞻顧留戀，大驚小怪，所以使女士心折了——因爲她自己的小說不是這樣灑脫的，這才在散文中提到了他？

大陸上又有人說，汪曾祺是沈從文的入室弟子。我覺得不像，沈從文是有個人喜愛的，他喜愛鄉下風景，也極喜愛純樸的鄉下人；汪曾祺卻是無喜無憎的，做到「原來無一物，何處染塵埃」的地步。可惜我自己達不到這一種境界，無法對他的作品多加闡述，只能說是無緣了。

凡事創新便成功了一半，汪氏的創新便値得我們讚賞，儘管我火候未到，無法欣賞。我最近在洛杉磯看到的一部電影〈in the Company of Men〉（想來尚無中文譯名）便是極其創新的。在今日「性向識別」趨之若鶩的影響下，故事中的兩位經理級的男主角，有著一般三姑六婆型女人的通病：小器、犬儒、嘮叨、怨氣沖天、錙銖必較。他們自認被交往的女性耍夠了，發誓要向女性報復，討回公道，於是揀中了辦公室中一位女助理下手。他們輪番跟她約會，噓寒問暖、送花、晚餐、小酌……看對方如何反應，看她是否也會像男性一樣墜入彀中？然後出其不意於六週後相約一起撤退。這種慣技一向只有女性爲之：一女周旋於兩雄之間，讓他們彼此因妒生恨，互相猜忌攻訐，她在一旁隔山觀虎鬥，坐收漁人之利……不想一般女人公認的通病，九〇年代末葉的新好男人全沾惹上了，而且變本加厲，性虐待成分居多，因爲受害的對方是弱勢中的最弱者：一個聾子。

曹雪芹說過：「兩假相遇，必有一眞。」這一部由新進年輕編劇 LaBute 執導的新新人類電影，遊走於漆黑喜劇（Pitch-black comedy）與新女性主義之間，認眞說來，只有一個眞正壞蛋，那便是查德 Chad ，其他的兩位主角（一男一女）都是軟腳蝦、可憐蟲。任何好的藝術創作起始不管多麼漆黑一團，到頭來都逃不脫「人文主義」的潤澤，像被批評家推許爲最具革命性——一說爲「婦解」運動前驅——的小說，桃樂賽．拉辛的《金色筆記簿》，不管女主角安娜的性行爲與行事作風如何大膽、曠達、驚世駭俗，到頭來桃樂賽還是寫出了一個可憐又可愛的女人（有時安娜一分爲二，變成艾拉 Ella）。換言之，女性主義在小說中的成份並不大，拉辛女士的成就是寫出了一本女性觸覺最爲深細的書，而且這種觸覺放在思想解放——理想主義的共產黨員（在資本主義的英美社會，同屬弱勢）——的框架內抒放出來，讀來更令人感到異光蕩漾，低迴不已。

二

我寫出前面一段贅文，不過想證明一點，即使在好萊塢，一般人心目中淺俗、媚俗之鄉，他們也是求賢若渴、求治心切的，像《時代》雜誌在八月十八日的電影欄，特別聘專家撰寫評介 LaBute 的驚人成就，絕非偶然。

閒話表過，話說張愛玲在〈一九八八至——？〉中「大寫」汽車，也是一項成就。一般寫物之難，難在除了要活色生香外，還要有立體感。

《紅樓夢》中，有一回（四十四回）寫到平兒受到賈璉鳳姊屈打，被寶玉接回怡紅院中補妝。先寫一種「紫茉莉花種研碎了兌上香料製的粉」，「倒在掌上……輕白紅香四樣俱美，攤在面上也容易勻淨，且能潤澤肌膚，不像別的粉青重澀滯」，後寫到的胭脂「擰出汁子來淘澄淨了渣滓，配了花露，蒸疊成的。」鮮紅的如玫瑰膏子一樣的胭脂，盛在一個小小的白玉盒子裡，「只用細簪子挑一點兒抹在手心裡，用一點水化開，抹在唇上、手心裡」，就會令人（平兒）覺得「鮮豔異常，且又甜香滿頰。」這是曹雪芹的寫物，他把古今中外的胭脂花粉（也許包括今日巴黎出品的在內）寫盡了。

張愛玲是曹雪芹的入室弟子，她在洛杉磯郊區（想來是聖伯納丁諾一帶）等候公車、百無聊賴時分所看到的一輛輛汽車，又是一副甚麼模樣呢？爲讓讀者有一個抽樣品賞，這一段女士有關「汽車聖城麥加」的精彩描繪，最好作一番全錄：

「……小巧玲瓏的玩具汽車（她是在城裡公車站，朝遠處公路上的一座陸橋眺望），花紅柳綠，間有今年新出的雅淡的金屬品顏色；暗銀，暗紅，褪淡了的軍用罐頭茶褐色。拖車，半客半貨車，活動住屋，滿載汽車的雙層大塌車，最新的貨櫃車，車身像紙糊的，後門開關只裝一條拉鍊，後身像一只軟白塑膠掛衣袋。旅行車前部上端高翹著凸出的遊覽窗，像犀牛角又像高捲的象鼻。大貨櫃車最多，把橋欄干一比比得更矮了，攔擋不住，一只只大白盒子搖搖欲墜，像要跌下橋來。」

我們在美國住久的人，在公路上見識過各式各樣肩摩轂擊的汽車，要我們靜下心來描繪一下，大概寫不出這樣傳神的景色來。女士在柏克萊加大待過兩年，陳世驤老師告訴我們，女士對他說過：「寫景最難。」這話一點不假，但也十分謙虛，因爲對她來說是例外，因爲胡蘭成在《今生今世》也告訴我們，任何事物在她腦子裡過一過，沒有寫不出來的。

平心而論，「高翹著凸出的遊覽窗，像犀牛角又像象鼻」的遊覽車，並不能引起我多大的聯想，來印證女士的說法；但是有關汽車顏色的描寫，的確是「無印良品」。女士寫：「間有今年新出的雅淡的金屬品顏色；暗銀，暗紅，褪淡了的軍用罐頭茶褐色」，這一種兩種顏色打底的汽車的顏色，閉上眼睛可以想像得出來，形諸筆墨便非常難了。有人批評女士「囉嗦」，然而她花了接近三十字左右的篇幅來形容一種別人形容不出的汽車顏色，像曹雪芹筆下的胭脂、紫茉莉香粉，我們對她囉嗦的指控，便顯得無力而委頓了。

這樣標致顏色（不是花紅柳綠）的新型汽車，她只是隔著遙遠的距離欣賞一下，並不想擁有它！這便是張愛玲的禪意，所以她這樣欣賞汪曾祺，兩人原來是殊途同歸的！

三

眞正的作家至死都燃燒著不熄的熱情：杜甫、葉慈「日暮詩賦動江關」，而且，越老詩篇越寫越亢奮激昂：〈麗達與天鵝〉，「親朋無一字，老病有孤舟」，「無邊落木蕭蕭下，不盡長江滾滾來」，「永夜角聲悲自語，中天月色好誰看」，現成的例子舉不完。在《對照記》中，女士用「我死之後他們（她的祖父母張佩綸夫婦）將再死一次」來預示自己的死亡。這話是呼號著叫出來的，不是平淡的陳述。〈一九八八至——？〉後半段寫到一位不知名的衛先生跟他的女友戴小姐，在「枯淡」的異鄉——一個同時又充斥著花紅柳綠汽車的異鄉——邂逅了，戀愛了，然後，衛先生在枯坐鵠候久候不至公車的當口，在綠漆長凳的椅背上寫下了這樣幾個字：「衛與戴一九八八至——？」

又被同樣鵠候公車感到杌隉不安的女士瞥見了。她想像衛先生是在帶著苦笑的情形下題字的，缺乏一般塗鴉男士的興致匆匆、愉快與頑皮。衛先生的心情是愴楚的，不確定的，甚至危機四伏的，一如女士此時的心情：「亂世兒女，他鄉邂逅故鄉人，知道將來怎樣？要看各人的境遇了。」

女士看到這樣的題字，心情一定是複雜的，是說不出來的味道——還是像《半生緣》裡曼楨聽到世鈞突然結婚的消息，連手邊扶著的硬木欄杆都變軟了？她一定想起那場命定要失敗的「花憶前生」世紀之戀：「亂世兒女……知道將來怎樣？要看各人的境遇了！」境遇等於「造化」，造化不好，便永遠是個下坡路。

啊，如果把〈一九八八至——？〉更換成〈一九四四至——？〉，「昔日戲言身後事」，便一切都兜攏了來！

最近長日無俚，閱讀麗蓮・赫爾曼的劇作《閣樓上的玩具》，其中有位年輕的女角百合Lily。這位百合小姐，爲了爭取丈夫的愛情，寧願用丈夫贈送她的數克拉的鑽戒，去換取一把小刀；她稱呼這把小刀爲「眞理的小刀」Knife of the Truth 。她用這把「眞理的刀」把自己割傷了，來換取她丈夫對她眞情的呵護與照顧。〈一九八八至——？〉最後也同樣有這樣的一把小刀，女士說這位衛先生在異鄉待久了，忽然精神失常（我的臆測），「但是他這時候什麼都不管了。一絲尖銳的痛苦在迷惘中迅即消失。一把小刀戳進街景的三層蛋糕，插在那裡，沒切下去。」

衛先生這把刀爲甚麼沒切下去？他在切想像中的結婚蛋糕嗎？還是戴小姐變心了，他想殺她，或者自殺？像近日犯了失心症轟動國際的連鎖殺人狂安諸・庫納寧？文章的結尾是一連串不相干、充滿曖昧性的「意符」，我掩卷不忍卒讀，也不想再強作解人了。

一九八八至——？〈張愛玲未曾發表的文章〉

老華僑稱洛杉磯爲羅省。羅省也就是洛杉。同是音譯，不過略去「磯」字，不知道的人看了還當是州名—路易西安納州，簡稱羅省？這城市的確是面積特別大，雖然沒大得成省。是有名的「汽車聖城麥加」，汽車最新型，最多最普遍，人人都有，因此公共汽車辦得特別壞，郊區又還更不如市區。這小衛星城的大街上，公車站冷冷清清，等上半個多鐘頭也一個人都沒有。向公車來路引頸佇望，視野只限這一塊天地，上有雄渾起伏的山岡，溫暖乾燥的南加州四季常青的黃綠色，映在淡灰藍的下午的天空上。在這離城較遠的山谷裡，山上還沒什麼房子，樹叢裡看不見近郊滿山星棋羅布的小白房子。就光是那高臥的大山，通體一色，微黃的蒼綠，以及山背後不很藍的藍天。第一批西班牙人登陸的時候見到的空山，大概也就是這樣。

山腳下有兩個陸橋，一上一下，同是兩道白色水泥橫欄。白底白條紋的橋身成為最醒目的伸展台，展示縮小了的汽車，遠看速度也減低了，不快不慢地一一滑過去，小巧玲瓏的玩具汽車，花紅柳綠，間有今年新出的雅淡的金屬品顏色，暗銀，暗紅，褪淡了的軍用罐頭茶褐色。拖車，半客半貨車，活動住屋，滿載汽車的雙層大塌車，最新的貨櫃車，車身像紙糊的，後門開關只裝一條拉鍊，後影像一只軟白塑膠掛衣袋。旅行車前部上端高翹著凸出的遊覽窗，像犀牛角又像高捲的象鼻。大貨櫃車最多，把橋欄干一比比得更矮了，攔擋不住，一只只大白盒子搖搖欲墜，像要跌下橋來。

兩座陸橋下地勢漸趨平坦。兩座老黃色二層樓房，還是舊式棕色油漆木窗櫺，圈出一塊L形空地。幾棵大樹下停著一輛舊卡車。泥地上堆著一堆不知什麼東西，上蓋到處有售的軍用橄欖綠油布。這裡似乎還是比較睡沉沉的三〇、四〇年間，時間與空間都不大值錢的時代。

山上山下橋下，三個橫幅界限分明，平行懸掛，三個截然不同的時期，像考古學家掘出的時間的斷層。上層是古代；中下層卻又次序顚倒，由現代又跳回到幾十年前。

再往下看就是大街了，極寬闊的瀝青路，兩邊的店鋪卻都是平房或是低矮的樓房。太不合比例，使人覺得異樣，彷彿大路兩旁下塌，像有一種高高墳起的黃土古道，一邊一條乾溝，無端地予人荒涼破敗之感。

都是些家具店、窗簾店、門窗店、玩具店、地板磚店、浴缸店。顯然這是所謂「宿舍城」，又稱「臥室社區」，都是因爲市區治安太壞，拖兒帶女搬來的人，不免裝修新屋，天天遠道開車上城工作，只回來睡覺。也許由於「慢成長」環保運動，延緩開發，店面全都灰撲撲的，掛著保守性的黑地金字招牌，似都是老店。一個個門可羅雀。行人道上人蹤全無，偶有一個胖胖的女店員出去買了速食與冷飲，雙手捧回來，大白天也像是自知犯了宵禁，鬼頭鬼腦匆匆往裡一鑽。

簡直是個空城，除了街上往來車輛川流不息——就是沒有公車。公車站牌下有只長凳，椅背的綠漆板上白粉筆大書：

Wee and Dee

1988—?

（「魏與狄，一九八八至——？」）英文有個女孩的名字叫狄，但是這裡的「狄」與魏或衛並列，該是中國人的姓。在這百無聊賴的時候忽然看見中國人的筆跡，分外眼明。國語「魏」或「衛」的拼法與此處的有點不同，想必這是華僑。華僑姓名有些拼音很特別，是照閩粵方言。狄也許是戴，魏或衛也可能是另一個更普通常見的姓氏，完全意想不到的。聽說東南亞難民很多住在這一帶山谷的，不知道為什麼揀這房租特別貴些的地段。當然難民也分等級，不過公車乘客大概總是沒錢的囉。

到處都有人在牆上，電線桿上寫：「但尼愛黛碧」，或是「埃迪與秀麗」，兩個名字外面畫一顆心。向來到處塗抹的都是男孩。連中國自古以來的「某某到此一遊」，與代表二次大戰所有的海外美國兵的「吉若義到過這裡（Gilory was here）」，也都是男性的手筆。在這長凳上題字的是魏先生無疑了，如果是姓魏的話，「魏與戴」，顯然與一顆心內的「埃迪與秀麗」同一格式，不過東方人比較拘謹，不好意思，心就免了。但是東方人，尤其是中國人，寫這個的倒還從來沒見過。大概也是等車等得實在不耐煩了，老是面向馬路一端，十分單調乏味。雖說山城風景好，異鄉特有一種枯淡，再加上打工怕遲到，越急時間越顯得長，不久後只感到時間的重壓，一切都視而不見、聽而不聞，更沉悶得要發瘋，才會無聊得摸出口袋裡從英文補習班黑板下揀來的一截粉筆，吐露出心事：

「魏與戴

一九八八至——？」

寫於墓碑上的「亨利．培肯，一九二三至一九七九」，帶著苦笑。亂世兒女，他鄉邂逅故鄉人，知道將來怎樣？要看各人的境遇了。

一般彼此稱呼都是用他們的英文名字，強尼埃迪海倫安妮。倒不用名字而用姓，彷彿比較冷淡客觀。也許因爲名字太像那些「但尼愛黛碧」，以及一顆心內的「埃迪與秀麗」，作爲赤裸裸的自我表白，似嫌藏頭露尾。不過用名字還可以不認帳，華人的姓，熟人一望而知是誰，不怕同鄉笑話？這小城鎮地方小，同鄉又特別多。但是他這時候什麼都不管了。一絲尖銳的痛苦在迷惘中迅即消失。一把小刀戳進街景的三層蛋糕，插在那裡，沒切下去。太乾燥的大蛋糕，上層還是從前西班牙人初見的淡藍的天空，黃黃的青山長在，中層兩條高速公路架在陸橋上，下層卻又倒回到幾十年前，三代同堂，各不相擾，相視無覩。三個廣闊的橫條，一個割裂銀幕的彩色旅遊默片，也沒配音，在一個蝕本的博覽會的一角悄悄沒聲地放映，也沒人看。

《太太萬歲》題記

《太太萬歲》是關於一個普通人的太太。上海的弄堂裡，一幢房子裡就可以有好幾個她。

她的氣息是我們最熟悉的，如同樓下人家炊煙的氣味，淡淡的，午夢一般的，微微有一點窒息，從窗子裡一陣陣的透進來，隨即有炒菜下鍋的沙沙的清而急的流水似的聲音。主婦自己大概並不動手做飯，但有時候娘姨忙不過來，她也會坐在客堂裡的圓匾面前摘菜或剝辣椒。翠綠的燈籠椒，一切兩半，成爲耳朵的式樣，然後掏出每一瓣裡面的籽與絲絲縷縷的棉毛，耐心地，彷彿在給無數的小孩挖耳朵。家裡上有老，下有小，然而她還得是一個安於寂寞的人。沒有可交談的人，而她也不見得有什麼好朋友。她的顧忌太多了，對人難得有一句眞心話。不大出去，但是出去的時候也很像樣；穿上「雨衣肩胛」的春大衣，手挽玻璃皮包，粉白脂紅地笑著，替丈夫吹噓，替娘家撐場面，替不及格的小孩子遮蓋……

她的生活情形有一種不幸的趨勢，使人變成狹窄，小氣，庸俗，以至於社會上一般人提起「太太」兩個字往往都帶著點嘲笑的意味。現代中國對於太太們似乎沒有多少期望，除貞操外也很少要求。而有許多不稱職的太太也就安然度過一生。那些盡責的太太呢，如同這齣戲裡的陳思珍，在一個半大不小的家庭裡周旋著，處處委屈自己，顧全大局，雖然也煞費苦心，但和舊時代的賢妻良母那種慘酷的犧牲精神比較起來，就成了小巫見大巫了。陳思珍畢竟不是《列女傳》上的人物。她比她們少一些聖賢氣，英雄氣，因此看上去要平易近人得多。然而實在是更不近人情的。沒有環境的壓力，憑什麼她要這樣克己呢？這種心理似乎很費解。如果她有任何偉大之點，我想這偉大倒在於她的行為都是自動的，我們不能把她算作一個制度下的犧牲者。

中國女人向來是一結婚立刻由少女變爲中年人，跳掉了少婦這一個階段。陳思珍就已經有中年人的氣質了。她最後得到了快樂的結局也並不怎麼快樂；所謂「哀樂中年」，大概那意思就是他們的歡樂裡面永遠夾雜著一絲辛酸，他們的悲哀也不是完全沒有安慰的。我非常喜歡「浮世的悲哀」這幾個字，但如果是「浮世的悲歡」，那比「浮世的悲哀」其實更可悲，因而有一種蒼茫變幻的感覺。

陳思珍用她的處世的技巧使她四周的人們的生活圓滑化，使生命的逝去悄無聲息，她運用那些手腕、心機，是否必需的？她這種做人的態度是否無可疵議呢？這當然還是個問題。在《太太萬歲》裡，我並沒有把陳思珍這個人加以肯定或袒護之意，我只是提出有她這樣的一個人就是了。

像思珍這樣的女人，會嫁給一個沒出息的丈夫，本來也是意中事。她丈夫總是鬱鬱地感到懷才不遇，一旦時來運來，馬上桃花運也來了。當初原來是他太太造成他發財的機會的，他知道之後，自尊心被傷害了，反倒向她大發脾氣——這也都是人之常情。觀眾裡面閱歷多一些的人，也許不會過份譴責他的罷？

對於觀眾的心理，說老實話，到現在我還是一點把握都沒有，雖然一直在那裡探索著。偶然有些發現，也是使人的心情更為慘淡的發現。然而……文藝可以有少數人的文藝，電影這樣東西可是不能給二三知己互相傳觀的。就連在試片室裡看，空氣都和在戲院裡看不同，因為沒有廣大的觀眾。有一次我在街上看見三個十四五歲的孩子，馬路英雄型的；他們勾肩搭背走著，說：「去看電影去。」我想著：「啊，是觀眾嗎？」頓時生出幾分敬意，同時好像他們陡然離我遠了一大截子，我望著他們的後影，很覺得惆悵。

中國觀眾最難應付的一點並不是低級趣味或是理解力差，而是他們太習慣於傳奇。不幸，《太太萬歲》裡的太太沒有一個曲折離奇可歌可泣的身世。她的事蹟平淡得像木頭的心裡漣漪的花紋。無論怎樣想方設法給添出戲來，恐怕也仍舊難於彌補這缺陷，在觀眾的眼光中。但我總覺得，冀圖用技巧來代替傳奇，逐漸沖淡觀眾對於傳奇戲的無饜的欲望，這一點苦心，應當可以被諒解的罷？

John Gassner 批評 "Our Town" 那齣戲，說它「將人性加以肯定——一種簡單的人性，只求安靜地完成它的生命與戀愛與死亡的循環。」《太太萬歲》的題材也屬於這一類。戲的進行也應當像日光的移動，濛濛地從房間的這一個角落照到那一個角落簡直看不見它動，卻又是倏忽的。梅特林克一度提倡過的「靜的戲劇」，幾乎使戲劇與圖畫的領域交疊，其實還是在銀幕上最有實現的可能。然而我們現在暫時對於這些只能止於嚮往。例如《太太萬歲》就必須弄上許多情節，把幾個演員忙得團團轉。嚴格地說來，這本來是不足爲訓的。然而，正因爲如此，我倒覺得它更是中國的。我喜歡它像我喜歡街頭賣的鞋樣，白紙剪出的鏤空花樣，托在玫瑰紅的紙上，那些淺顯的圖案。

出現在《太太萬歲》的一些人物，他們所經歷的都是些注定了要被遺忘的淚與笑，連自己都要忘懷的。這悠悠的生之負荷，大家分擔著，只這一點，就應當使人與人之間感到親切的罷？「死亡使一切人都平等」，但是爲什麼要等到死呢？生命本身不也使一切人都平等麼？人之一生，所經過的事眞正使他們驚心動魄的，不都是差不多的幾件事麼？爲什麼偏要那樣的重視死亡呢？難道就因爲死亡比較具有傳奇性——而生活卻顯得瑣碎、平凡？

我這樣想著，彷彿忽然有了什麼重大的發現似的，於高興之外又有種淒然的感覺，當時也就知道，一離開那黃昏的陽台我就再也說不明白的。陽台上撐出的半截綠竹簾子，一夏天曬下來，已經和秋草一樣的黃了。我在陽台上篦頭，也像落葉似的掉頭髮，一陣陣掉下來，在手臂上披披拂拂，如同夜雨。遠遠近近有許多汽車喇叭倉皇地叫著；逐漸暗下來的天，四面展開如同煙霞萬頃的湖面。對過一幢房子最下層有一個窗洞裡冒出一縷淡白的炊煙，非常猶疑地上升，彷彿不大知道天在何方。露水下來了，頭髮濕了就更澀，越篦越篦不通。赤著腳踝，風吹上來寒颼颼的，我後來就進去了。

（一九四七年十二月三日）

不可顛覆太過！

最近，某報副刊舉辦了一次張愛玲逝世四週年紀念專輯，刊登了三篇討論張愛玲作品的近似學術性的論文，其中有某女教授所撰〈蝨子與跳蚤〉一文，赫然提到在下的名字，並且慷慨贈送本人一個不鹹不淡的封號：「張迷文評家」！

本來，一個人的封號都是別人賚賜的，不是故步自封的。明末的戲劇家李漁也說過：「要了解一個人的本性，聽聽別人給他取的綽號就行了。」（大意如此）那麼，有人稱呼我爲「張迷文評家」，我應該「聞過則喜」才對！文評家是一種稱譽，沒有錯；配上了「張迷」二字，似乎文評家所作的種種條塊剖析，都化作一廂情願的阿諛，說不得公允二字。似這種帶有充分弔詭性的「惡性模棱」oxymoron，我看了只有徒呼負負，無法有正面感受了。

女教授大作既然取名爲〈蝨子與跳蚤〉，自然會談到張愛玲西風雜誌的那篇徵文〈我的天才夢〉最末的一句「出台詞」，也是有著英國「形而上學詩人」作風的一句警語：「生命是一襲華美的袍子，爬滿了蚤子。」

女教授說，「但一直要到最近才赫然驚覺，長久以來都把『蚤子』筆誤成了蝨子。」

女教授其實沒有錯，錯的是張愛玲。衣服上長的應該是蝨子，不是蚤子，而且中國人向來只有蝨子、跳蚤兩種說法，決不會把跳蚤說成蚤子。很顯然地，初出茅廬的張愛玲，心急慌忙地想把徵文寫成，數字數（五百字）數得發昏（她的一個口頭禪），爲的是有「五百塊港幣可拿」（典型的張愛玲筆觸），結果把「蝨子」筆誤成爲「蚤子」（一個別字）！不知道爲甚麼女教授偏要主張「蚤子」是對的——難道藉此證明，張愛玲在十九歲的華年，已經不經心地犯下了佛洛伊特式的乖誤 (Freudian slip)?

連張愛玲自己也承認，那篇〈我的天才夢〉中的蚤子是一個別字，在一篇討論白字、別字、形聲字取名《嗄?》的文章內，她公開承認她的處女作〈我的天才夢〉中寫了個大別字：「蝨」字錯成了「蚤」字：「我自己也不是不會寫別字，」（還笑別人！）接著又忙著替自己找「下台階」（「當時也不知是不是想到了時遷的鼓上蚤」？）——這也是典型的「張愛玲的筆觸」。

這篇文章還提到了在下的名字，因爲我向她透露了蚤字應該寫成蝨字的訊息。是第一次，也是最後一次，張女士的筆下出現了水晶的名字，「居功不移」，使我感到十分榮幸！

聽說後現代主義的文評家標榜顛覆一切的理念。本來文評家所說都代表一種一己的私念，後人想否定前人的成見，把他打到地上，「永世不得翻身」，自屬無可厚非；但說到要顛覆作者原來的文字，一心把別字或者一時的筆誤，解說成爲是作者偶而犯下的一種佛洛伊特式的心理學上的乖誤，已經逾越了顛覆的範疇，變成了那《第六靈異感》影片中的九歲男童，是「白晝見活鬼」了。忝爲張迷文評家，我不得不挺身出來替自己以及已經作了古人的張女士辯白一番；同時也要好意忠告這位女教授一句：「不可顛覆太過！」

至於張愛玲晚年所犯的蟲患，倒的確是跳蚤 fleas ，不是蝨子 lice。這是一種心理上的疾病，疑神疑鬼，跳蚤來無影去無蹤，的確有一點「鼓上蚤」時遷的意味。這次女教授匡引了敝人〈張愛玲病了！〉一文大部份的原文，倒沒有發生疑問，懷疑其中有一些是我的「創纂」，把蚤子改成了蝨子。可是，臨了，女教授心有未甘，又倒釘上我一耙，把我衷心的懺悔——〈張愛玲病了！〉這篇小文，壓根兒就不該發表——解說成爲「不敬，是因爲把才女當成身心症患者嗎？粗疏，是因爲對眞實與幻覺判準上的夾雜不清嗎」？

女教授越俎代庖替人設想的解釋完全乖誤。張愛玲在〈傳奇再版序〉中所說的「若得其情，哀矜而勿喜」，她恐怕完全沒有聽進去，也可能根本沒有看到。所以張愛玲說：「替人出主意最容易」。當年宋淇把張女士得病的信轉寄給我，是希望我能夠幫上一點忙，因爲我家也住在洛杉磯。結果我不但沒有設法去幫張女士的忙，反而急匆匆拿這封信送到報社去發表了，因爲我深知不管我出了多大的力，張女士也不會接受我的幫忙。當然，儘管她不接受我的幫忙，知道我努力過了，有這份心意，很誠懇，她仍然會心存感激——這就是張愛玲：凡事她是刀削一般的分明。但拿這封暴露隱私的信送到媒體去發表，讓普天下喜愛張氏作品的讀者都知道她害了精神分裂症，這便是粗疏與不敬！這與女教授猜想的「主題」簡直「風馬牛」，難不成這又是後現代文批的一種解構或者顛覆的戰術 Atrategy？這才是「粗疏」與「不敬」的最佳例證。

上海　上海人

一、上海人之通

上海人是有文化的。我這樣講，也許有過分抬舉上海人之嫌。茲以計程車司機爲例。在台北，計程車司機往往像個業餘政論家，「他的言論平凡得可以寫社論」（錢鍾書語）；有時候又激烈得像「巴解游擊隊」。上海的計程車司機多半架著眼鏡，斯斯文文、白白淨淨的。有一天，我們從今日上海有點文壇祭酒地位的「柯（靈）老」家出來，在車上，不免談起剛才在他家遇見的一位女作家程乃珊女士（現居香港）。老實說，我對這位女作家諱莫如深，失敬得很；誰知這位年輕的司機卻接得上碴，忙說：「啊，程乃珊呀，我看過她作品的。」彷彿他剛剛放下她的書似的。經事後陪我一同去訪問柯老的朱兄告訴我：程乃珊自十年前去了香港，工作有了改變後，創作不那麼豐富了。

那麼，這位年輕的知識分子 taxi-driver，是甚麼時候閱讀程乃珊作品的呢？

又有一次，在華東師範大學陳子善先生陪同下，去訪問常德路常德公寓張愛玲故居，駕車的是一位體格魁梧的年輕人。我們一上車，他便說一跑完這趟子，便要去市體育館看今天下午的一場足球賽，票早已經買好了。攀談之下，他有點像電視媒體的體育主播。他說中國人體格輕盈（個頭小），思想也敏捷（腦筋快），打乒乓、跳水是行的，體力重的玩意兒（足球、拳擊）就不行了。一席話說得中規中矩，不卑不亢，令人折服。

敬禮，上海的計程司機同志，我願與你們爲友！

二、「大千美食林」

上海人的吃，分低、中、高檔三種。低檔想必是街頭的饅頭店，可以站著等夥計從蒸籠裡取出熱呼呼的點心來聊以充飢的那種，我試過，還不賴；中檔大概是台商在那兒開設的連鎖店，連名稱也原封不動移植過去，懶怠更換一個字，最著名的一家，聽說是徐家匯淮海中路上的「大千美食林」。乍聽這個名字，雅得很，我們新從台灣過去的人，還以爲取名字的人，靈感來自張大千，因爲大千居士是以美食著稱；其實兩者之間風馬牛毫無關聯。不過，未去之前，聽老朱夫婦談起，眼睛發亮，「雖不能至，然心嚮往之」的神情，我這點「表錯情」，是錯得有點因緣的。

所謂美食林極其普通，台灣每一家像樣的百貨公司的「地下一層」(B1) 都有，靠近超市，甚麼麥當勞、鍋貼蒸餃、日式烏龍麵、壽司、台式炒米粉、粿條之類——這算哪門子的「美食」？聊以果腹的速食快餐罷了。

也許是遠來的和尚會念經，新近引進的台式餐飲，好奇的上海人折服了，趨之若鶩了。到申城來原想見識一下滬式食之文化，誰想一頭撞上了舊相識，也是一種吃驚的經驗呢？

三、高檔「美食」

至於所謂高檔美食，我一共去過三家：位於南外灘十六舖的德興館，據說創建於一八八三年光緒年間，是所謂中華老字號企業。那天是他人作東，點了我想嘗嘗鮮的焗毛筍，然後是薺菜拌豆干、油爆小河蝦、「醃篤鮮」（一道上海湯菜，其實就是鮮肉煨火腿湯，再配以綠竹筍）。他沒有點德興館的招牌菜蝦子大烏參，吃來頗覺意猶未盡，有「求全之毀」。

山東路上的老正興館聽說也是名震遐邇，與原望平街的申報館毗鄰，想必一定曾經當年滬上騷人墨客品嘗品題過，這才如此有名。如今當年的嚴獨鶴、周瘦鵑早已灰飛煙滅，而這家店舖依然屹立無恙，環顧左右，泰然自若，不過食客換了一批，想必是新近發跡的「大款」（今日上海流行的時髦語，意指暴發戶，或新貴），但菜肴呢？一盤紅燒回魚（一種帶骨煎燒、切成寸方、澆上醬紅、甜津津亮晶晶的典型江南菜），索價一百八十八元人民幣，換算成新台幣應是六百二十元，照當地消費水準來看，不算便宜。其餘如炒「馬蘭頭」（其實就是在美國後院裡到處可見的 clover leaf，也是綠色愛爾蘭的標誌）、清炒蝦仁（又是河蝦，這裡的蝦像江南人，分外秀氣，哪像台灣的斑紋草蝦那樣狼犺笨重？）扣三絲，價格也未見便宜，但中午的黃金時段，照樣食客如雲，是中國人一向好吃，還是如今的上海人闊了？

第三家據說是吃品味的，位於愚園路上的天天旺酒家，又名天天旺茶道館，這家食肆的經理劉秋萍女士前來跟我們打招呼，說「台灣有茶藝館，我們上海不但有茶道，還有專講茶文化的茶宴館」，言下有隔海唱和、文化交流之意，也像是《紅樓夢》所謂的「別開生面」了。

開宴前有穿著茶綠色旗袍的茶宴小姐出來講解一番茶道，然後介紹他們用綠茶烹調出來的各種佳肴，名稱據子善兄形容，都很「花狸狐哨」（這個詞聽來耳熟，想是《金瓶梅》裡用過的），有所謂「蘇堤春曉」、「童子晉觀音」（端出來的菜色綠白兩色，是一幅糊狀的太極圖，備極巧思）、「貝蘇茶鬆」、「觀音豆腐」、「茶麵」（綠陰陰的，雖是炒麵，絕不油膩），最後一樣壓軸大菜，號稱「茶花鹹蛋黃焗肉蟹」，想必是唯一的一道葷，但用鹹蛋肉來配蟹肉，加重蟹味，使兩味一唱一和，如響斯應，這樣的配搭，亦見學問。也難怪上海人所謂早已「封鏡」的名導演湯曉丹（年逾八十七），要爲以劉秋萍爲原型的劇本《綠色的誘惑》重執話筒，再叫一聲「開麥拉」呢！

倒是在國際飯店二樓豐澤樓無人作陪的一頓午餐，吃得甚爲獨立「窩心」（滬語，意指深得吾心，或開心），兩菜（軟骨雞、燴三鮮）、一湯（雞絨粟米）。豐澤樓向來是廣東菜，屋宇高華敞亮，勝利後爲達官貴人、洋商巨賈飲宴之所，經重新裝潢後依稀得見昔日衣香鬢影、冠蓋雲集的盛況——當然得以冥想爲之。

入門處有兩人樂隊（一月琴、一洋琴）在彈奏樂曲，見我一人枯坐，頻頻微笑頷首爲禮，又自動奏起〈思想起〉、〈雨夜花〉等台灣小調，把我錯當作了台商，正是《紅樓夢》所云「錯把他鄉當故鄉」了。

還好，臨行的時候，他們奏起了〈何日君再來〉，算是正點了，於是我把二十元人民幣塞進兩位熱心的樂師掌心裡——不知算不算寒酸呢？

四、上海的娛樂

上海的國產電影聽說鬧不景氣，新片先排在首輪戲院，像大光明放映一場，票價三十元人民幣，不賣座，立即打入冷宮，到二輪去演，票價只十元，所以放映時間很亂，不容易弄清楚場次，我便是在前仆後繼的情形下，在天蟾（今改名逸夫）舞台，看到《宋家三姊妹》的。

這部影片歌頌了宋慶齡，斥責了我們先總統的背信忘義，對尚存於世的宋美齡，不作過分鞭笞，已屬難能可貴。但觀眾只得二十二人，散場時有好事者用滬語將此一數字（Nie-ni-nin）覆述了一遍，所以記憶猶新。

如今的觀眾對過去的歷史，只有一片冷漠。響應香港回歸的港片《擁抱朝陽》同樣觀眾寥寥，小貓三隻，在長樂（原杜美）路衡山（原杜美）戲院放映。該片號稱中（潘虹）港（林子祥、袁詠儀）合作，實際是一部瓊瑤式豪門畸情片，只不過片中一句話，「回『國』（大陸）投資是有希望的」，受到當政者青睞，實在乏善可陳，衡山戲院的觀眾同樣「陽春白雪」，眞是人力與膠捲可憐的浪費。

夤緣去觀賞了一場蘇州評彈，在南京西路的一條弄堂內，事先得用電話預約，說明是台灣來的；否則恐怕就擠不上，要向隅了。劇場很小，但照樣有小小的舞台，照明燈光，一樣不缺。閱讀當地晚報，得悉這一種書場自「改革開放」（再解放）復甦後，如今有熾旺之勢，票價不貴，若六、七十元之譜。觀眾多是離休後之老人，想來他們不會去「擁抱朝陽」。

觀眾每人面前有一杯茶。

中途休息時，又有一客熱氣騰騰類似餛飩的百葉捲鑲肉黃芽白點心，從廚房內端出來饗客，我學著那些顧曲「老周郎」，也把票根丟進茶盤，誰知換來了一副白眼，原來另外還得購票，只得涎瞪瞪、眼饞饞看著一碗可口點心又被端了進去，鬧了個大笑話。

說書的兩位女性，三十許人，都穿著旗袍，一是湖綠色鑲白邊，一是白底印紅綠黃三色的玉連環。兩人能說善道，手勢甚強，說著說著，抱起琵琶、三絃彈唱起來，可惜我是「豬八戒吃人參果，食而不知其味」呢，她們是對牛彈琴了。

因爲我不懂蘇州話。

兩位說書「女先生」都長著典型江南女子的「容長臉面」，《紅樓夢》裡貌不太驚人的襲人，該出落成這副模樣的。

五、登上了常德公寓

張愛玲三〇年代末居住的常德公寓（原名愛丁頓公寓），感謝子善兄，帶我去參觀了，剛好屋主人（一位和善慈藹的老婦人）要帶著兒女出去，經我們說明了原委又折返回來。這位老婦人與張愛玲的姑父李開第先生沾著點遠親，說起往事來一點都不含糊，也不隔。

我很幸運地攀登了這座大概有七層高的公寓。

這間張愛玲與她姑姑居住過的五樓公寓曾經改裝過：原來的客廳一半改成了臥室，「讓我女兒住」，廚房也調了邊，「變成另外一間房」，今天完全看不見了，「原來的客廳是很大的」，年邁的老婦人又這樣對我們說。

但這都無礙，因為陽台還在，陽台沒有變。陽台雖窄，但像一彎新月，將整個公寓的前部都包抄在裡面，一直彎過來，是很從容的，一點都不侷促。

陽台外面，是一個浩浩蕩蕩朗朗乾坤的世界，整個上海都在她腳底下；有時候，上海睡著了，像一隻呼嚕嚕念經的貓。因爲那時候的上海，是一甲子前吧，還沒有這麼多林立的高樓。

就在這高樓上，有一天夏季的黃昏，她目送著蘇青從公寓裡走出去，夕陽通紅的掉下去，遠處的高樓，屋頂發白，像是蝕去了一塊。張愛玲想起來：這是亂世。

就在這高樓上，王嬌蕊同樣目睹著她的舊情人悌米．孫，從公寓大門蹇了出來，失意地踱了出去。

就在這打通了兩間的客室裡，王嬌蕊用龍井清茶招待她新認識的候補情人佟振保；後者一面喝茶，一面吃酥油餅乾，一面研究她的心理，她自己卻「挑來挑去，挑不出一塊中意的」。

沒有這懾人心魂的高樓、陽台，樓下那雪白燈球亮成一片的牛肉莊，還有那煌煌點著一車燈的電車，張愛玲寫不出《金鎖記》，也寫不出《傾城之戀》、《阿小悲秋》、《第一爐香》，當然更寫不出《紅玫瑰與白玫瑰》……。

如果她住在南市的貧民窟裡，像窮人家出身的女兒，銀娣……。

這呼風喚雨魅麗的陽台，正像她在《阿小悲秋》裡寫的，是「深海底的一隻百寶船」！

這眞像王勃在〈滕王閣序〉裡所寫的，是「物華天寶，人傑地靈」呢！

又像杜甫在〈登樓〉一詩中吟哦的，是「錦江春色來天地，玉壘浮雲變古今」吧！大陸著名民謠歌手郭蘭英許多年前唱的一首民謠，在我「登樓」時就在耳邊響起，此刻行文之際又響了起來且縈迴不已，那歌詞（第一闋）是這樣的：

人說山西好風光，地肥水美五穀香，
左手一指太行山，右手一指是呂梁
人站在高處往下一望，
你看那汾河的水呀啊呀，
嘩啦啦流過我的小村旁……
啊，上海！啊，上海人！

外籍「問政者」

暑假後又回返校園，看到睽隔一年剛休假返校的外籍教授波蘭女史(Dr. Margaret Boland)，她興奮地睞著眼問我：「你猜猜這一年台北市有甚麼變化？」

我明知道她是喜歡阿扁市長的，便順水推舟地說：「我猜嘛，是公共汽車有了專用路線了。」

「對了，還有呢？」想不到她問了一個，還有一個。

「還有嘛，我想就是垃圾不落地了，這也解決了一些髒亂的問題。」我想了想這樣答，心想這一下過了關，我們可以聊一點別的了吧？

「還有呢？」波蘭女史真的有點像我們中國人的「事事不過三」——也許她來中國太久了，一股勁兒追問下去。

「還有嘛——」我似乎有點詞窮了，便搜盡枯腸地回答：「台北市的『景觀』landscape

比以前進步，花木多了。」好話說過頭易豁邊，我想應該到此爲止：否則我不成了「數來寶」的叫花子了？

「還有一個最重要的你沒有說——」果然我的同事波蘭女史是個徹底的擁陳派，她把我遺漏的一點補正過來：「那便是他最近的『掃黃』行動！」她用中文說出了「掃黃」兩個字，令人吃驚！

「在住宅區有這種醜惡的色情勾當實在是台北市的羞恥！」她又用英文對自己口頭的支持作出註腳：「It's really a shame to have such a tawdry business in the residential areas of Taipei.」

凡事有利必有弊，公車專用道固然方便了公車族，像我；但也遭到機車族的詬病，因爲把他們擠到快車道，往往要跟汽車搶道，既危險又不方便，我便聽到家中的機車族這樣抱怨。垃圾不落地固然好，但是時間「刻不容緩」，錯過了這個村，就到不了那個地，結果髒亂滯留在家裡，有時也會成災，變相地造成「不便」。至於掃黃的霹靂行動，希望不又是五分鐘的熱度……。

這些「有害」的念頭在腦中倏忽閃過時，誰知波蘭女史又開口了：「還有郵政方面，他們也可以作出改善，實在很糟，糟過美國，時間慢，有時候不掛號便遺失了——」

我聽了有點迷糊起來，因爲阿扁的職權似乎管不到台北市的郵政頭上！而阿扁也非「千手觀音」「萬能博士」(Dr. Know-All)。

幸虧上課鈴響了，所謂「鈴聲救了我」(saved by the bell)；否則我眞的會被這位外籍的熱心「問政者」問倒了；而我呢？又剛好是「不在其位，不謀其政」呢！

淡水捷運頌

沒有搭乘過台北淡水線捷運系統的人，大概不清楚台北的室外大眾空間有這樣一處「世外桃源」。

我搭乘過木柵線的捷運，也許逢著周末，得「罰站」，彷彿乘客跟一般公車乘客沒有甚麼兩樣，還有站位的，再加上用英語報站名，把台北變成了香港——那時香港尚未回歸，非驢非馬，使我對捷運系統留下了一種惡劣印象。

上海的捷運也是人擠人，大家搶著捷足先登，中途上車，根本無坐下的可能，不過聽婀娜多姿的上海姑娘用捷運速度的吳語——快得不能想像，比滾瓜爛熟還要快，是一種別的城市購買不到的享受——當然，聽不懂上海話又當別論了。所以即使罰站也不覺厭煩。

最無趣的是台北市的公車，「路不平，風又大，命薄的桃花斷送在車輪下」那首著名的老歌常常在我耳畔迴旋，每當我坐著公車受閒氣的時候。

淡水的捷運卻是把乘客受閒氣的機率減到零。第一，它令你看不到司機——當然，也不是每一位公車司機都是那麼冷冷地不言不語，冷若冰霜，像美麗的被追求的小姐，不愛搭理男人的。捷運的司機都是那麼好心腸，婆婆媽媽，像幼稚園的阿姨保母，不斷告誡我們這批孩子似的顧客，列車大概甚麼時候抵達終點了，又不斷地提醒我們，不可亂吃東西，喝可樂，也不可以嚼口香糖喲，檳榔也不可以吃喲，不然哪，是要罰錢的喲！多少？一千五百塊喲。司機的聲音從擴音機裡用國台語播放出來，有時還相當悅耳動聽：雙連，唭哩岸，北投，忠義……一站站報下去，永遠是那麼忠心盡職；像廣告裡的三支傘「友露安」糖漿，甜甜的，眞的。可是，卻永遠是一齣「觀音戲」，看不到演員（司機）的眞面目。有好幾次，我忍不住想跑到車頭去看看這位好心的「同志」，「本尊」如何。

捷運司機的「報幕」，使我想起火車站鶯聲嚦嚦的「報幕」小姐，顯得多少矯揉做作！也許是管理得嚴，車廂內果然整潔清爽，不多的幾個乘客，多半是莘莘學子，因爲我乘車的時刻往往是清晨；我們的椅子是淡藍色的，寥寥的幾個人點綴其間，淡藍的椅子在晨曦下泛著光，有時候車子轉彎，十來只車廂彎彎扭扭，那一溜煙的藍椅一刹那變成了海上的浪花，泛著鱗光，又像是一條藍色的抹香鯨，在銀色的海浪翻騰戲躍——「此身合是詩人未？」「非也。」否則，我這一段詩意描寫，應該很合格的。

窗外的台北近郊的容顏，隔著窗明几淨來看，也不是一無是處，尤其過了關渡，快進入淡水時，風景逐漸秀媚起來，迎面看到一座蒼綠的山，不就是學生在作文中常常寫到的「相看兩不厭」的觀音山嗎？那淡水河更不用說，波光瀲灩，笑逐顏開，是多久我沒有欣賞到淡水河了？感謝捷運，又讓我再次認識了她！

「捷運時代，生活提升」，這是在淡水捷運車站每一站都看得到的標語，但是，迴異於一般的標語口號，我不覺得它的空洞無聊！

唯一不滿意處是開關車門時的預警聲，先是瞿瞿瞿瞿四聲或六聲怪鳥鳴聲，然後是格啊嗚——格啊嗚——令人緊張錯愕的警笛聲：目的雖達，稍嫌過分。當局能否改進一下？

《二嫫》與《紅粉》

——兩部大陸「女性電影」

《二嫫》與《紅粉》是大陸新銳導演（周曉文、李少紅）的作品，前者的編劇是旅美作家郎雲；後者是根據寫《妻妾成群》成名的蘇童的中篇小說改編。兩者都參加過國際影展，頗有斬獲，《紅粉》得的是柏林影展攝影獎。

兩部電影我都是在這次金馬國際影片觀摩展中看到的。《二嫫》暑假時我在洛杉磯，就在上海航空傳眞過來的「新民晚報」上得悉此片在大陸上映時甚爲轟動，說劇情只是單純地圍繞在一架電視機上就牽引出這麼多戲出來，實不簡單。我想果眞如那篇文章所言，影片未必能攫住觀眾的心吧？《二嫫》寫一個年輕的卡車司機，爲了單戀鄰居賣麻花麵的有夫之婦，而作出的種種「蠢」事——這才是眞正的「賣」點。

兩片都被形容爲「女性電影」的作品。

所謂女性電影，就是影片以女性爲主要的描摹對象。《二嫫》的故事很注重起承轉合，因為觀眾比較容易入戲——其實還是拜演員「入戲」之賜——看起來好像一氣呵成，沒有一絲頓挫之感，容易留下深刻的印象。《紅粉》則因為寫的是兩個女性，筆觸比較亂，不容易抓住重心，其實亂中還可以依稀看得出兩個女性的畫像來，反而更加耐看，也愈加淘澄出導演的功力來，有點像散文，不像那嚴謹的一筆不苟的小說。

看《二嫫》與《紅粉》，掌握了一絲新的大陸電影訊息，便是減化黨的八股教條，調濃人文關懷的氣味，這真是一項春來的消息，值得觀影者的高興。這樣一來，電影的藝術性凸顯了出來，不再是宣傳工具了。就拿《紅粉》來說，這部電影與近在咫尺的《大紅燈籠高高掛》（同樣是蘇童作品，張藝謀導演）就有了顯著的不同。後者對於封建地主摧殘女性的殘酷，有著金瓶梅式的刻劃。到了《紅粉》，時間不過短短兩三年，這一種社會主義的「階級關切」整個被切除了，一個鏡頭也沒有。譬如說，《紅粉》中的老浦、秋儀、小蕚；《二嫫》中的《二嫫》、那個暗戀她的司機——不錯，他們都無法祛除有生俱來的階級烙印（生在這個壁壘分明的世界上，誰又能是例外呢？）然而，捨此以外，他們的行為思想，全然受控於他（她）們自己了，外在的影響是微乎其微的。

單靠了這一點一百八十度的大轉彎，我們對他（她）們的欣賞（包括認同），一點都不隔，眞是易過借火。的確，共產主義企圖改變人性，所謂改變人性，先要從思想革命做起，於是四十年來，他們狠抓了思想鬥爭這一點。殊不知人心唯危，共產主義這個外來的東西，像人們禦寒時的一件冬衣，天氣暖和時隨時可以脫掉，於是人性又恢復了原來的模樣。可悲呀，這企圖扮演天神角色的共產主義，最後只有徹底認輸了。像《二嫫》與《紅粉》便是共產主義在電影中「開到荼蘼花事了」以後的傑作。

像《二嫫》中的男主角（不是那老村長），他想的不是「爲人民服務」，而是賺錢，開著那輛破貨車，賺了錢，家中有了電視機；飽暖思淫，又想勾搭上鄰居的老婆二嫫。

他先是替二嫫解決政府說不要（收購）就不要的「呆」貨問題（不但兜售成功，而且讓二嫫意外地賺了一票）。接著他又鼓起如簧之舌，攛掇二嫫到城裡去賣麻花麵（把她引出家門外好乘機下手）。最後他把二嫫介紹到城裡一爿賣麻花麵的機器工廠，讓她外宿在城裡，整禮拜都不能回家。

其實，他經之營之，無非想製造機會，做成好事。

他成功了，在一個接送二嫫回鄉的晚上，……

二嫫雖然讓步了，細想未妥，她終於迅速剪斷了這一種曖昧的關係，因爲她不是「賣炕的」，她說；而且她很快發現，在賣麵工廠發給她的薪資中，每次有一筆津貼就是這個覬覦她的男人私相授受的，所以城裡的人都知道她是這個男人養的「私貨」。

二嫫是女強人，她又恢復了用手工賣麻花麵的身分，工廠不去了，同時一有機會便去城裡醫院賣血，爲的是要籌足一筆巨款，好去購買那城裡令人垂涎三尺，連縣長也買不起的二十九吋大電視機，因爲她兒子想要；她自己也想要，爲的是滿足「戰勝鄰居」（美國人所謂 catching up with the Jones）的虛榮心，她的鄰居即是那貨車司機、還有他那「皮鬆肉軟」的老婆，二嫫與她時常爭鋒相對地吵嘴。

這樣的故事，美國的電視影集都有，問題在於演得像不像；不但要像，而且要像得如假包換。

《二嫫》這部電影是做到這一點的。

《紅粉》的原著我看過，是個中篇，寫來不見吃力，不到一個小時，便可以讀完。這樣的小說，不知是不是一種流行？連對話的括弧也省略了，但顯然看得懂誰在講話——當然對話沒有冗長的，讀來比讀汪曾祺還要順暢些。

電影當然保留了小說的散文氣息，許多大陸上的重大歷史事件一筆帶過，不予重視，重要的是一男二女的關係。

蘇童筆下的妓女像秋儀、小萼是有劣根性的，雖然她們是姊妹淘，相濡相沫；她們仍然爲了一個男人——老浦，鬧得不可開交。晚清時期，吳語小說《海上花》裡爲張愛玲稱讚的一雙姊妹，李漱芳李沅芳雖然同屬姊妹花，就不是這副模樣，她們是天眞化理想化的塑造——在這裡，蘇童與他十九世紀末的小同鄉蘇州人韓邦慶，作風十分迥異。蘇童走的是自然主義路線。自然主義的作品，最重環境的影響。小萼看似脆弱，遇事沒有主見，但是十六歲賣入娼門——影片中改成自幼即在青樓出生長成——很自然地知道捨金錢外，只有男人最爲可靠；而且好吃懶做，在勞動訓練營結業後，只選最輕鬆的活幹；又嫌薪資少，連救她出火坑的女幹部也嘆了口氣說：「你們這些人的思想是改造不好的。」

小萼在妓院中，又學會了「一哭二鬧三上吊」，常常拿出來搬演一番。

小萼的「他我」(Alter ego) 秋儀更是典型的東方茶花女：任性、驕傲、喜怒無常，這一點又似乎受了《紅樓夢》中尤三姊的基因影響。只因爲她的情人要她搬出去住，她一氣之下便帶著金珠細軟去投奔一所尼姑庵，並且情願削髮爲尼，一方面當然她已無處可以遁逃，一方面也是想藉此氣氣她的情人。這也間接證明了，秋儀因爲是青樓中人，也等於是在懸岩上；身處絕境的人，是啥事都幹得出的——在小說中她常常對人揚言她要放火，半眞半假地，有時聽來又像眞心話，可惜到了電影中，這句精彩的話被刪去了。

秋儀當然不是眞心禮佛，在電影中，她是因爲懷了老浦的小孩被逐出空門，在尼庵外小產了，血流滿地，又被尼姑們收容了，然後才重墮紅塵——小說則是待了兩年，最後聽說老浦跟小萼結了婚，心灰意懶——彷彿她一直嘔氣的對象沒了，想想不值，這才又跑了出來，在旁人眼裡簡直莫名其妙。

《海上花》也寫到這一點：她們是激烈的，是極端主義者，又像是「恐怖份子」。

也許，激烈是風塵女子表現愛情的一種方式吧。

秋儀最後還是嫁了人，她嫁的人可一點也不堂皇，小說中這樣寫：「過了好久有人在東街的公廁看見秋儀在倒馬桶，身邊跟著一個雞胸駝背的男人。昔日翠雲坊的姊妹們聽到這個消息都驚詫不已，她們不相信秋儀把下半輩子托付給馮老五，最後只能說秋儀傷透了心，破罐子摔破了。」

結局也是很「自然主義」的。

秋儀和小萼的故事沒完沒了，畢竟今日不是左拉的時代，電影不能連映五個小時；否則我倒有耐心看下去，就怕身體吃不消。

有兩點贅語忍不住要提一下。電影中的對白仿《海上花》，是用吳語說出的，昔日的吳語（在這裡是上海話，不是蘇白）要比今日硬幫幫的上海話「糯」（軟）得多。老是用「老」字，表示「非常」，以前是用「交關」，或者「邪氣」。年輕的演員當然道不出，導演年輕，少不更事，應該請教一下影壇的老人，也許會「生色」得多。

佈景是實景，沒有錯，可惜老舊破敗了一點，以前的富貴人家，富麗堂皇，哪像今日這種破落戶模樣；這是無可奈何的事，用一句宋詞概括一下：「無可奈何花落去，似曾相識燕歸來」。這當然是全求之毀。

不盡鄉愁滾滾來

——我看《搖啊搖，搖到外婆橋》

一

《搖啊搖，搖到外婆橋》（下稱《搖啊搖——》）是一部闡說暴力的電影，但是，捨卻暴力以外，還有別的，這「別的」我無以名之，暫時將它定位在人文關懷、有時也可以歸納在鄉愁 Nostalgia 的類別下。

兩三年前吧，大陸上流行一種「懷舊」電影，像在前年金馬影展與國內觀眾打過照面的《紅粉》（改編自蘇童同名小說）便是這樣一部電影，又像是梁家輝主演的《人約黃昏》（聽說改編自徐訏的小說《鬼戀》）也被貼上懷舊的標籤。《搖啊搖——》便是在這一懷舊的浪潮下湧現出來的一朵「海上花」。

懷舊？懷甚麼舊？懷舊應該解釋成懷念過去好，感嘆今不如昔，所以看到銀幕上的俊男美女穿著三〇、四〇年代的西裝旗袍，彷彿又回到了從前，時光倒流，一切都是美好的，此之爲懷舊。

懷鄉卻是更邈遠的，一個沒有時間坡度的遙不可及的過去——天地玄黃，太古洪荒，所以也可能是憧憬屬於未來的一方夢土。

《搖啊搖——》的導演張藝謀說過類似的話，他說有人批評這部電影太過於戀舊。其實他並沒有。他說他只是借用一個過去的時代來敍述一個發生了這一情節的故事；換一句話說，時代不重要，重要的是故事本身。

也難怪，三年前的夏天，《搖啊搖——》在故事假設發生地的上海院線上映，得到的影評不是很好，想來是「懷舊」二字產生的誤導，「老上海」想重溫舊夢，再回到亞爾培路的法國夜總會去流連流連，結果滿不是那回事，失望之餘，自然發出怨懟之詞來了。

上海出名的掌故家趙士薈，還爲此在「新民晚報」上撰文，駁斥影片不寫實，他說上海三〇年代，從來沒有聳俐登台表演的那種歌舞雙棲俱樂部。要末，便是純唱歌的夜總會——當然來賓可以跳舞自娛；要末，便是有舞小姐伴舞的舞廳，他說。

《搖啊搖——》卻很對西洋觀眾的胃口，因爲他們不是來回味上海過去的「海上繁華夢」

——懷鄉是沒有國籍的畛域的，說一個任何時代、不同背景的故事都可以；因爲這不是他們關心的，也不是他們斤斤計較的。所謂「像與不像」，根本不是問題。

《搖啊搖——》囊括了許多國際大獎，決非偶然，也無倖致的理由。

我是在兩年前的春節前的美國商業院線上看到這部影片的，是國語發聲，配上了英文字幕。

二

《搖啊搖——》敍述的是一則三〇年代毒梟之間黑吃黑火併的故事，地點自然非東方的「燕子窩」——上海莫屬。影片並非平舖直敍、敞開來說血腥與暴力，而是像現代小說之父亨利．詹姆斯，選擇了一個「觀點」point-of-view，這就使得這部電影，增添了一份神秘與好奇的色彩，因爲說故事者是一個剛從鄉下抵達上海的鄉巴佬，一個十六歲的少年唐水生。

故事共分七天進行，前四天是在上海，後三天是在上海附近的一座荒島上。

電影是根據李曉的小說《堂規》改編的。電影的「規格」太像小說了，使我對原著產生了濃厚的興趣。可惜小說遍尋不著，只好單從電影本身來談，是爲缺失。

電影劇本據說是爲女主角鞏俐一人量身打造的。的確，《搖啊搖——》說的是小金寶的故事，但也是毒梟龍頭唐老大的故事。這兩個人的剪影，經過七天時間的剪裁拼湊，可稱栩栩如生，凹凸分明。

看《搖啊搖——》使我不期而然想起費滋傑羅的《大亨小傳》"The Great Gatsby"。《大亨小傳》說的也是三〇年代一則黑社會頭目的故事，但因爲作者採取了他鄰居涅克卡拉威 Nick Caraway 的觀點，故事遂像《紅樓夢》裡的瀟湘館，糊上了霞映紗，「如影細紗事」，增添了一層飄忽神秘的色彩。

本來，距離就是美感，這在同期的懷舊電影身上是找不到的。

於是，隨著水生一雙略帶癡騃驚嚇的眼，我們進入了三〇年代上海一代黑梟唐老大的冥王府；這裡，像《金瓶梅》裡描寫的地府，是黃金舖的地，玉石砌的樑；還有像紫禁城裡養心殿上懸掛的「正大光明」的匾。然而，地上經常淌著的，是血——好人的血，壞人的血，有時間雜著「自己人」的血；只要那戴著小圓墨鏡的「老大」（片中由性格演員李保田飾演，那時他尚未演《宰相劉羅鍋》，尚未若今日那般家喻戶曉）撇一撇嘴，那怕再珍貴稀奇的人，像老大身旁的寵姬小金寶，也一樣「閻王要你三更死，不得拖延到天明」。

黑王朝還有一條不成文法（所謂「行規」）：不得洩密，不得中途「跳船」，兩者的結果都是立即處死，有時候往往是殘酷的殛刑，像宋老二便是陰謀揭發（他投靠了敵方的俞老闆）後，被唐老闆下令活埋的。

無盡殺戮的結果，生死只是指顧間的事，用描寫古時戰爭殘酷的成語「血流漂杵」來形容——那只是單純的愚蠢的殺戮，似乎還不夠眞切。

爲了恪遵「保密防諜」的行規，「冥王府」的小金寶公館內有一個女傭是啞吧，據帶領水生進府的六叔告訴水生，這女人被剪斷了舌頭，耳朵倒還管用，能聽。

這是清朝宮刑以外的第十一種酷刑。

片中還有一個畫龍點睛的鏡頭，那是在影片高潮過去後，這時候小金寶已被處死，堂主老大把一同肇禍的少年水生倒吊了起來，他揣在口袋裡的銀元紛紛掉落在船板上，有的掉在江心。在他的眼中，一切的景色人物都是顚倒的，頭在下，腳在上——眞是個是非不明、黑白顚倒的世界啊！

三

從上一節最後一段來看，《搖啊搖——》這部影片拍得很細。細膩，是本片的一個特色。

殘酷的反義字是天眞或者童騃，《搖啊搖——》的後三天，唐老大在上海被人行刺，受到槍傷，帶領小金寶和他的餘部唐師爺、鄭四爺撤退到一座荒島（其實是誘敵深入，以退爲進的一種策略）後，角色易位，戲的重心移轉到一個寡婦翠花和她的孤女阿嬌，以及水生、小金寶四人之間，寫的正是天眞童騃。

寡婦翠花和她美麗的八歲女兒阿嬌原本就是相依爲命住在荒島上的。黑臯和他的嘍囉上岸後，她替他們送飯去，不疑有他。錯在小金寶深夜無聊，跑去找她聊天，這才發現寡婦有個女兒叫作「阿叔」的情人，每晚跑來與她幽會。

這本來是一樁好事，因爲藉著翠花嫂與小金寶的對話，「男人嘛，要對他有耐心，慢慢地他就對你好了。」我們得知，這一雙男女是眞心相愛的——一種小金寶缺乏的也找不到的愛情。可是，錯在讓小金寶發現了這一樁「外遇」，亦即唐老大最不愛聽的那首老歌〈月圓花好〉裡所說的：「浮雲散，明月照人來，團圓美滿，今朝最。」換言之，唐幫主雖然壞事作盡，卻「不許百姓點燈」，「假正經」地要求別人對他忠心耿耿，「好男不事二主，好女不嫁二夫」。

〈假正經〉也是唐幫主最愛聽的一首歌。

事實是，在《搖啊搖——》中，編劇讓鞏俐唱了兩遍的〈假正經〉（黎錦光詞曲，白光原唱）是深具反諷餘韻的：「假惺惺，假惺惺，做人何必假惺惺，你想看，你要看，你就仔細地看看清，不要那麼地裝作，不要那麼樣的扮起，一本正經，嚇壞了人，何必呢？」

這番話藉著歌詞，「借酒裝瘋」，當然是沖著唐老大說的，可是，「聽者藐藐」，幫規依然要執行到底的。於是，第二天，小金寶、水生、阿嬌三個作夢的小人兒，正陶醉開心地詠唱那首〈搖啊搖，搖到外婆橋〉的時候，她驚見到「阿叔」在蘆葦叢中冒出的浮屍——他被處決掉了，因爲他偷聽到小金寶與翠花的對話，而黑社會的第一條堂規是：「不准洩密，洩密者格殺勿論」。爲恐「阿叔」洩密，所以他「該死」。

在《搖啊搖——》一片中，鞏俐一共主唱了三首流行老歌，每一首都是「查有實據」的，最後一首〈滾出我心房〉（姚莉原唱），歌詞也是針對著唐幫主說的（近乎謾罵）：「快快滾出去，快快地滾出去，乖乖地滾出去，你還這樣狠心腸，強佔著我的心房——」又唱甚麼「我的愛苗已讓你嚙斷，我的心泉已讓你吸乾，愛果更苦口難嘗。」一方面切題，一方面又不是「杜撰」，聽在我這個老歌迷耳中，分外中聽，不禁對大陸方面編導人員的謹嚴認眞，豎起了大姆指。

再加上《搖啊搖，搖到外婆橋》的主題音樂在全片中迴旋不已，又有三〇年代黎錦暉作曲的〈小小茉莉〉、〈特別快車〉等背景音樂，越發調濃了影片略帶傷感氣息的抒情基調。

利用民國三十八年前流行音樂的精緻面，來堆砌氣氛、推動情節、暗藏反諷弔詭、春秋大義，《搖啊搖——》是大陸電影開天闢地的第一部。

四

的確，《搖啊搖——》整部影片都籠罩在一種莫名的傷感中——這一點我的一枝禿筆很難敘清。影片的英文譯名 Shanghai Triad（上海三重奏）稍稍靠近了一點，但未點明。影片其實是在替女主角失落的天眞唱一首輓歌，我想要是英譯爲 The Sentimental Journey of Little Ginbo，也許更能傳遞全片「鄉愁」的訊息。

五

唐幫主最後將他的叛將一網打盡，包括對他不忠的小金寶在內——正義並未伸張 Justice is not done，也是本片超越一般賣弄暴力影片的超強之處。當然，他勝利地乘原船回返上海，與俞老闆對決之下，命運猶在未定之天，至少在目前他是無敵的。「純眞」（像翠花嫂與「阿叔」的愛情），經不起「邪惡」的輕輕一碰，粉碎了，所以小金寶不斷說著「對不起」的話（先是對翠花嫂說，後是在唐老大處決她時，對著唐老大說）。

這一說，把小金寶死後的靈魂帶進了天堂，也把鄉愁的主題，推到了「天頂」Zenith。

（寫於一九九七年）

大膽的繆思

——記白光與上海影壇

暑假期間，在美國家中的華語電視新聞網，看到影星白光的逝世訊息，有一些感想，寫在下面。

談憶白光，無可避免地，要令人聯「彈」（談）起她的歌藝。她雖然被製片商塑造成「一代妖姬」，實際上她的歌藝也是助長她在銀海上興風作浪的一股巨大力量。三〇、四〇年代的中國電影，無甚看頭，唯一可看的，是女明星的美豔；要不，便是聽歌，所以每一部電影，便加上一兩首插曲，有時編導興致所至，來上三五支，甚至十來支，即使主題最嚴肅的左翼影片，像是聯華的《大路》、《漁光曲》也有一支主題曲，所以那個時代的鈐記，有很多是電影中的插曲，連中共的國歌，也採自電影《風雲兒女》中的一首插曲〈義勇軍進行曲〉。

白光適逢其會，她明豔，她善歌，於是紅了起來，緊跟在「四大」（陳雲裳、陳燕燕、袁美雲、顧蘭君）、「四小」（李麗華、周璇、周曼華、王丹鳳）後面，成爲一顆獨樹一幟、不具備甚麼特別封號的女明星——她那「一代妖姬」的封號，是要等到多年以後，在香港大紅大紫才被媒體加封的。

歷史上有一些事情我們往往不了解，也弄不清楚，像當時上海灘上，一個女明星要紅，爲甚麼非得爭取一個「封號」？像是前述的四大名旦，四小名旦，便是一種封號。除此以外，各自還有特別封號，像胡蝶是影后，黎明暉是小妹妹，周璇是金嗓子，李麗華叫小咪，周曼華是冬瓜美人，徐來是標準美人，張翠紅是古典美人，陳燕燕是小鳥，王熙春是另一隻小鳥，王人美是野貓，王丹鳳的綽號最難聽，叫「搖缸女郎」——暗示她出身微賤，是上海賭場的「小妹」。結果，因禍得福，共產黨進來後，她因爲出身「紅五類」，任何一次的整風都打不倒她，反而扶搖直上，變成「浴火的鳳凰」——「丹鳳同志」，是一切運動中的一塊樣板。

只有白光光桿兒一個，孤零零，沒甚麼封號、綽號，本來嘛，她的名字就叫白光，是一窮二白、又白又光的。

認真說來，白光在上海的影壇，並未真正大紅大紫，她出道很早（指年齡），在敵僞時期的北平，她已經開始拍電影了。她歌唱生涯開始得更早，大概在民國三十年左右便獨自一人跑到東京去學聲樂，並且跟來自台灣的留學生江文也譜上一段戀曲，聽說她拜過的名師叫三浦環門樣，是位聲樂家。

白光有才藝，沒有錯，但是她不是恃才傲物、菽麥不辨的藝術家，她懂得經營自己，英文稱呼這種人爲 entrepreneur 。她是頭一號的 entrepreneur ，聽說樂聖貝多芬、亞聖布拉姆斯也是古典音樂界出色的 entrepreneur 。舉一個例來說，她初次出道，在上海，主演了《紅豆生南國》，循例，製片商（記不清楚是不是嚴春堂？）替她開了個記者招待會，大小記者濟濟一堂。按理，哪個剛剛冒出頭的毛頭小姑娘還不是提早出現，趕緊東爺叔西阿哥的殷勤拜託一番？誰知白小姐姍姍來遲，在媒體界的朋友等到快要生煙冒火的最後一刻才出現，一來又是滿面春風地道歉，扯一個淡，說是「甚麼甚麼」來遲了，第二天的大小報上，又是罵又是捧，於是，白光的大名鼓譟起來了。

這種作風是鋌而走險，又有人稱之爲「大膽」。所以，日後的媒體界，常常用大膽作風的字眼來「框架」白光。其實，眞正的大膽，應該解說成「拚著一身剮，皇帝拉下馬」的英雄行徑，白光的這種作風，只是她求名覓利的一種奇招，與眞正的英雄是有點不搭界的。

白光的歌聲也是一種「奇招」，她出道較晚（指輩數），灌唱片的時候，流行歌壇上正風靡著一種周璇風，尖尖細細的，像當時的留聲機上的唱針頭，可以在聽眾的耳膜上劃一道血痕，周璇、姚莉、龔秋霞、張帆、白虹……統統如此。再蕭規曹隨下去，誰聽？聰明的白光，大膽地開創了自己的歌路：低音、頹廢、世紀末、慵懶、不在乎……把那個時代一般小市民心頭的悒鬱、無奈、積怨，甚至憤怒曲曲傳神地勾畫了出來，於是，她的歌聲（特別是勝利後）傳遍了大江南北、華中華北的大小城市，與周璇、姚莉的歌聲，並駕齊驅，統御了中國的流行歌壇，流風所及，一直傳延到後現代接近二十一世紀的今世。這一點，剛去世的白光小姐恐怕也是始料未及的。

白光的歌喉，因爲修習過聲樂，也能唱高音，不過她膾炙人口的一些歌曲，往往是低音的，像是〈戀之火〉、〈相見不恨晚〉、〈如果沒有你〉、〈假正經〉、〈秋夜〉……全部是用她那獨特的低音來詮釋的。她唱的高音歌曲，像是〈葡萄美酒〉、〈你不要走〉、〈春〉、〈今夕何夕〉、〈桃李爭春〉……其實也唱得很好，也非常動聽，不過她唱高音的時候，往往上不去，有點左，是她歌喉的一種瑕疵。

畢竟練過聲樂，白光的有些歌曲，是登得上大雅之堂的，並非一律是粗俗不堪的淫詞浪曲，像〈牆〉、〈等著你回來〉（那的確是淫詞）；像她在電影《柳浪聞鶯》中唱出的〈小花〉，與龔秋霞合唱的〈湖畔四拍〉，即使在聲樂家演唱會上，也值得搬出來表演一番，不會令人赧顏的。

她唱的〈假正經〉，出自電影《六二六間諜網》（合演的男明星是陳天國）。這部電影我幼時在上海看過。白光抱著一把吉他，對著陳天國自彈自唱這首歌，歌詞極盡調侃戲弄的能事，把聽歌的一個堂堂男子漢，弄得反而趁興而來，滿面羞慚地敗興而去，可見這首曲子的魅力有多大！

當然，白光唱歌的那個時代，有許多優秀的作曲家替她捉刀譜曲，也是她成功的一個基因：黎錦光、陳歌辛、李厚襄、姚敏、嚴折西（〈如果沒有你〉的作曲家）……都替她跨刀助過陣，也難怪白光的聲勢這樣雄厚了。

到了二十世紀的末年，流行音樂有復古化以及國際化的傾向。香港的中文電台，聽說新近開闢了一個叫「老歌知多少」的國粵語節目，由著名的畫家兼D.J.黃奇智先生主持，專播民國三十八年前的上海老歌。一九九二年，捷克國家管弦樂團，發行了一系列中國流行音樂的CD唱片，我手邊有兩張，一張叫《明月千里寄相思》，一張叫《玫瑰之戀》，用洋人（指揮是彼德·布賴內爾先生）的交響樂隊來演奏華夏的流行金曲；半世紀以來，一直受國人詬病的靡靡之音，受到洋人如此尊重，有點令人匪夷所思。

兩張CD唱片上，赫然就有兩首白光主唱的古典金曲：〈魂縈舊夢〉、〈如果沒有你〉。

白光在電影上的成就，不如她在唱歌方面的成就大，這是因爲中國的電影一直停滯不前，無法突破。就拿她自己最得意的《蕩婦心》來說吧，這部在香港拍製使她眞正成名的超級影片（製片是張善琨，編劇是陶秦），認眞說來，題材擺脫不掉三〇年代電影左翼濫調的陰影，像是《漁光曲》：大少爺愛上了出身貧窮的姑娘，形格勢禁，在階級制度的箝制下，釀成無法挽回的悲劇，頗類好萊塢黑白戀愛的套式。不過《蕩婦心》（片名取得很好，錢鍾書有一篇未曾面世的小說，就叫《百合心》）拍得非常嚴謹，所以白光念茲在茲、念念不忘了。

自古以來，成名的藝人要死得早，才更成功，更令人痛惜、永誌不忘。袁蒂迦侖、周璇都死得早，影迷們心中永遠是她們盛年時的俊俏模樣，無法想像她們衰老、病骨支離、步履蹣跚的可憐形象。而且，有更多的藝人，在年輕的時候便留下了傳世的名作，以後的作爲，超越不了自己，往往變成了一種反高潮，一種自我的諷刺。早夭的歌劇天后瑪麗亞・卡拉斯有一句座右銘是：「不超越自己，毋寧死！」白光的一生似也逃不脫這一種藝術家的「詛咒」。蓋棺論定，這也可以算是一種小小的遺憾吧。

中國第一位歌舞明星

—訪問「小妹妹」黎明暉女士

在二〇年代，歌星灌唱片，往往有一段「贅言」，唱片公司會添加一名報幕人，這樣介紹：

「百代公司，特請×××女士，唱×××。」

「女士」大概是一個新興的名詞，在今日，我們聽到女士，總以爲是位「阿巴桑」；在二〇年代，聽那歌聲，嘰嘰喳喳，「嫩得掐得出水來」，分明是個兒童，依然稱做女士！

黎明暉、王人美、陳玉梅……所唱的歌，都曾經被百代公司這樣冠以女士「珍重」介紹過。

他們父女倆的足跡，踏遍了江浙一帶

之所以如此，我想與當時的社會，不無關係，因爲風氣未開，嚴男女之大防，叫幾位小姑娘到台前，跳跳蹦蹦，即使是露一下胳臂大腿，拋一個眼風，觀眾總覺得天眞無邪，無傷大雅。

像當時享盛名的「明月」、「四大天王」：王人美、黎莉莉、胡茄、薛玲仙，統係童星；比她們更上一輩的，像是黎明暉、黎明健（于立群，郭沫若夫人）；更是稚齡當道，叱咤風雲，尤其號稱中國第一位歌星——或者說，歌舞明星的黎明暉女士，乾脆，綽號就叫「小妹妹」。

也難怪，張愛玲在有一篇散文裡，浩歎中國早期的流行歌曲聽眾，是「小妹妹狂」！

黎明暉女士的生父黎錦暉先生，是民國以來，中國唯一的一家龐大的歌舞團的班主。黎明暉因爲出身歌舞世家，耳濡目染，很小的時候，便跟隨在父親身邊，父親拉琴，她唱歌，據她說是爲了宣傳國語，因爲江浙一帶的人只會說方言，不會說國語——中國的流行歌曲，原來發源於「推廣國語」，也難怪，後來的流行歌曲，又叫「國語流行歌曲」。

他們父女倆的足跡，踏遍了江浙一帶。

那時候黎錦暉任職於中華書局，爲了推廣注音符號，編製了許多首容易琅琅上口的國語歌曲，由黎明暉來演唱。

不久，黎錦暉離開了中華書局，從北京到了上海，一九二七年在上海成立了中華歌舞專門學校，招收了第一批學員，黎明暉成爲當然學員，同期還有王人美等四位，所謂「四大天王」歌舞演員（其實就是童星），也被吸收進來，不過始作俑者，首推「小妹妹」黎明暉，這是當時媒體界，加送給她的一個封號。

所以說，黎明暉是中國有史以來第一位歌舞明星，一點也不過份。

中華歌舞學校成立不久，旋即南下南洋各地，包括印尼、馬來西亞、越南各地，表演兒童歌舞，台柱即黎明暉，演出時，打出的旗號，是大中華歌舞團。

一九二八年，回上海後，中華歌舞團解散，黎錦暉後來重組中華，改名明月歌劇社，黎明暉並沒有捧父親的場，加入明月，據她說，是棄歌而影，蛻變成爲當時最時髦的電影明星。

這樣一直到一九三四年，下嫁體育明星陸鍾恩，就正式息影了。

白水銀裡養的兩粒黑水銀

黎明暉住在建國門外一處叫三里屯的五層樓上，我猜這座類似台北老式公寓的樓房，也就是國務院的宿舍，因爲黎在那兒工作了一段很長的時間；雖然老舊，走廊和樓梯的過道不但寬敞，而且收拾得一塵不染，反映出每一戶人家的文化水平、生活修養，是大陸上眞正應當接受表揚的一座「文明樓」。

黎明暉家沒有裝設電話，所以，我是用「闖空門」的方式，不請自來。黎明暉正在午睡，一聽兒子通報，有遠客來訪，又是「台胞」，立刻就起來了，動作之快，不似那息率迂緩、年愈八旬的老嫗，這大概與她早年接受的歌舞訓練有關吧？一方面也反映出她活潑好動的個性。

她是瘦削的，穿著大陸婦女一般愛穿的白衣黑褲，引人注意的一雙大眼睛，使人想起一篇著名文章裡寫的「白水銀裡養的兩粒黑水銀。」

她說每天都要到外面去「動」一下，「年紀大了，不動不行」，又說像她這種年紀，不能摔跤，「一摔就沒了」。因爲心臟不好，每天得吃藥，吃的是德國藥，她從抽屜裡揀出一管瓶裝藥來，在手心裡攤開來讓我看，表示得到政府優惠的醫療照顧。跟黎明暉在一起，是不會感到「冷場」的。

但是她並不是只顧談自己、忘記別人的那種老人，她很會拉近自己與訪問者的關係，雖然她並不瞎讚美人，替訪問者戴高帽子——這是一般「名人」的通病。譬如說，她說她的先生陸鍾恩在勝利後到了台灣，後來因爲發生了「二二八事變」——我糾正她說是「二二八事件」，這才離開了台灣，要是我們都住在台灣，「你就不用大老遠跑到北京看我了」。談到後來，她又說，又有一次，陸先生工作的德士古洋行 Caltex 要派他去美國，「要是我們全家都去了，此刻你就見不到我了」。她兒子立刻提醒她：「這位楊先生也是美國來的，現在還住在美國呢。」

陸先生已於一九五一年因癌症病逝香港。黎明暉說，她那時住在北京，沒有去奔喪，後來骨灰運回來，葬在北京。

她只有一個兒子，現年五十八歲，在北京電視界服務，因爲離婚了，陪她住在一起。照相的時候，她指著頭髮說：「你瞧，我頭髮都是黑的，沒有白頭髮。」果然，是一頭黑鬆鬆的烏髮，我還以爲是染髮，眞不簡單！

又說她從來不化妝，我想平時大概是以素顏見人，上鏡頭時是要化妝的。女明星注重時髦打扮，成爲時裝的開路先鋒，這在好萊塢是「等閒事」，到了中國，大概又是從黎明暉開始——這一點後來又得到她的證實。

她說，那時候她最喜歡的，是游泳開車和騎馬！在二〇年代，一般婦女猶有纏足者，她這樣開通，走在時代的前端，是會令人咋舌的。

黎明暉指著眼前的照片說：「你瞧瞧，這兩件衣服跟今天的時裝，有什麼不一樣？」

中國有史以來第一首流行歌曲

黎明暉說，她告別歌壇的時候，曾經舉行了一次盛大的臨別公演，她拿出一張民國十七（一九二八）年的申報剪報影印，以資佐證。

地點是上海北星大戲院，時間是五月三日到六日。

她的名字有一寸見方位置，佔領了雙排橫批，其他如徐來、王人美、胡茄、章錦文、馬陋芬（這些都是日後的紅星），在當時剛出道，不過是她的「龍套」。樂隊則有王人路、黎錦光、黎錦皇（她的姑母，會吹簫）等人。

報上赫然有〈妹妹我愛你〉、〈毛毛雨〉百代公司新唱片的廣告。

黎明暉說，〈毛毛雨〉是她灌唱的，是中國有史以來第一首流行歌曲。黎又說，她父親創作的〈葡萄仙子〉、〈月明之夜〉、〈可憐的秋香〉……都由她灌過唱片。

值得一提的，是臨別演出的節目內，有一齣叫「七姊妹遊花園」，「一共有九位女士，走進走出，換衣服，也就是時裝表演，這玩藝兒也是由我們開始的。」黎明暉驕傲地說。

其它的表演節目，尚有「新婚之夜」、「青春的快樂」、「神仙妹妹」，而「七姊妹遊花園」演出時間最長，是一小時半，「因爲是時裝表演嘛，要換衣服，花時間。」黎明暉說。

轉入電影界後，黎明暉拍攝的電影，她記得最清楚的，是史東山導演的《女人》，這在大陸出版的《中國電影發展史》一書上，是有案可稽的，其它的作品，尚有夏衍編導的《清明時節》，明星公司的群星大匯串《壓歲錢》。

她和小學同學蔣經國坐在同一張課桌上

黎明暉女士談到最後，忽然大爆內幕，她說她認識經國先生，她是蔣經國的小學同學，在上海的萬竹商業小學。坐在同一張課桌上。萬竹是男校，黎明暉女扮男裝，才能入學。

這使我立刻想起《梁山伯祝英台》的故事，黎明暉眞是一位傳奇的人物。

她說她也認識蔣方良女士，她稱她做「蔣經國的俄國夫人」，又說這位俄國夫人曾經替她看過手相，在上海新邨，那時候，勝利以後，蔣經國到上海「打老虎」，黎明暉用她的說法，是鬧「黃金潮」。

黎說她也認識緯國將軍，「要是我身體好，一定要到台灣看看，他（緯國將軍）一定還記得我。」

搖身變成不明飛行物

民國三十八年，大陸易手後，黎明暉一直住在北京，擔任國務院文史館的秘書，她的上司，即是北洋政府有「老虎總長」之稱的章士釗先生。

章是大陸政壇一位知名人士，其知名度不下於郭沫若，據說，毛澤東曾經受到章的資助，故而知恩圖報，禮遇甚佳，云云。

黎說她是章士釗的生活秘書，替他作「傳達」，接見賓客、研墨，因而一九七三年，章老病逝香港，轟轟烈烈，她也得便去過香港一次。「章老生病的時候，住在醫院，總理（周恩來）常來看他，都是坐後門的電梯，由我接待。」黎明暉說。

大陸的報章，常把黎明暉女士比做中國的瑪麗・璧克馥 (Mary Pickfard)，在我的眼中，她更像嘉寶 (Greta Garbo)。兩人同在極盛時退隱，從此不再「復出」，是聰明處。然而，更聰明的地方，是她們從此搖身一變，變成了 UFO（不能加以識別的飛旋器），忽東忽西，讓人捉摸不定，然而永遠光耀奪目，眞是「走到哪裡，亮到哪裡」，逗人遐思，引人懷想。

的確，明星只有遠離人間，才能與人親。這一點，聰明的「小妹妹」黎明暉女士，是做到了。

訪黃貽鈞談時代曲

上海時代的流行歌壇，有一位「全方位」的大將，鮮爲人知；但認眞說來，若論起此一時期的老歌歷史，此人又是非提不可的。

他便是黃貽鈞教授。

其實，黃貽鈞在大陸，是一位知名度甚高的人物。這因爲他多年出任上海市交響樂團的總指揮（大陸稱做音樂總監），從一九五二年到一九八五年止，除去文革十年，幾乎整整橫跨了二十年，所以在大陸知識藝文界，盡人皆知。

說起來，黃貽鈞是一位「學院派」的音樂家。手邊有一本印刷精美的「上海交響樂團」介紹，是黃教授送給我的，上面提他對「上海市交」的長期貢獻，享譽中外；此外，只說他早年「擔任過民族樂隊二胡、揚琴，交響樂隊小號、圓號演奏員；電影、話劇音樂工作的作曲者之一」。雖然最後一句「暗香浮動」，稍稍透露了他製作流行歌曲的訊息；畢竟語焉不詳，不肯直話直說，彷彿那是「偷來的鑼鼓，打不得」！

黃教授的作品，「介紹」只提了他早期的民樂作品〈花好月圓〉，說是「至今流傳」，其它的作品，則付之闕如！

黃貽鈞一生到底創作了多少首的流行歌曲？這件事考證起來可不容易！原因是他喜歡用化名，不用眞名發表。譬如說，敵僞時期，他替電影《浮雲掩月》譜寫插曲〈莫忘今宵〉（龔秋霞、王丹鳳、嚴俊主演），用的是黃立德化名。勝利後，他出任上海中電二廠音樂顧問，影片拍攝過程中，找不到人寫曲子，就由他親自撰寫。譬如說，他爲國泰公司拍攝的電影《粉紅色的炸彈》（顧蘭君、嚴化主演）「客串」寫過一首〈紅燈綠酒夜〉（吳鶯音主唱），這次又改了個名字，叫黃元之。這個化名他爲另一部影片《天堂春夢》（路明、上官雲珠主演）寫插曲〈孩子你乖乖地睡吧！〉時，繼續使用。

由馬徐維邦編導的恐怖片《天羅地網》（喬其、蘇曼意主演），有一首插曲〈歸來吧！〉（白虹主唱）也是他的作品，署名也是黃元之。

勝利伊始，歌舞名導演方沛霖開拍《鶯飛人間》，起用新人歐陽飛鶯，黃貽鈞爲有聲樂基礎的歐陽女士，一共譜寫了三首曲子：〈春天的花朵〉、〈雨濛濛〉、〈梅花操〉、也許他覺得這次的創作比較「正派」，不是爲稻粱謀，就用了眞名黃貽鈞。

《鶯飛人間》配樂方面聲勢浩大，單是作曲家，就動用了五位：黃貽鈞、黎錦光、陳歌辛、姚敏、李春華（末一位不知是否黎錦光的化名）。像這樣龐大陣容的歌舞片，在中國電影史上，用「空前絕後」來形容，決非誇大！

中共官方的《中國電影發展史》對《鶯飛人間》的評語是：「唱盡人間風花雪月的濫調。」

「唱盡人間的風花雪月」也許說得對，「濫調」則未必！

再回到黃貽鈞身上，他譜寫的〈莫忘今宵〉、〈紅燈綠酒夜〉、〈月下悲思〉，在勝利前後，都曾經流行一時，表現出黃教授在音樂方面的才藝，不僅僅右手擅握指揮棒，左手也會寫「詩」。

黃貽鈞住在上海愚園路拐進去的一條弄堂內，這一帶洋房太多，古色古香，披著一座一座「人」字型、「小山型」的屋頂，看來親切，彷彿又回到美國了，但那狹窄的巷陌，來往清脆的腳踏車鈴，又清晰直截地提醒我：這是「解放」了將近半個世紀的上海。

黃教授在他的起居室內接見我們，陪同我訪問的，還有現在上海師範大學執教的老友朱乃長教授，有時還勞動他充當攝影師，附筆誌謝。

黃教授膚色蒼黃迴異於江南人的白皙，他說他是蘇州人，一九一五年生，虛歲七十九了。最近患了肺氣腫，又有氣喘身體不好，但是因爲得到政府特別照顧，家裡放置了兩個氧氣筒，以應急需。

若是別人來造訪，他就推拒了，但是一聽說我是台灣來的，午睡一完，立刻就起身來見了，黃教授說。

足見「台胞」在大陸人心目中的份量，彷彿比前一陣子的旅美華人還要吃香！

他的談鋒甚健，天南地北、山海龍蛇，無所不知，無所不談，尤其我追問的那個時代，他更是興味盎然，眞像趙元任編寫的一本國語教科書內虛擬的一個角色「談不停」先生！

黃貽鈞侃侃地報著自己的從學經歷，一九四〇年，國立音專（現改名上海音樂學院）應該畢業了，但還差兩學分，是音樂史、國文，所以延遲到四一年補完課才畢業。一九三八年黃自（院長）過世，但是跟黃自學過作曲，而在剛進音專時，黃自一直專教作曲。

一九四七年，開始在音專教書，從四七年到五六年，都在音樂學院，不過從五〇年到五六年改爲兼職（我想這時候黃貽鈞開始擔任上海市交的音樂總監了）；從七五年（四人幫垮台）後，又去兼職，一直到八七年，因爲身體不好，就不去了，不過，現在第一音樂學院人文社會學科有一藝術系，仍然發聘書給他。

黃貽鈞所報的經歷，尚不包括在「上海市交」的，有點像吳祖光評劇《花爲媒》中新鳳霞所唱的〈報花名〉，報得我眼花撩亂；坐在那春寒未盡的客室內，急得我直冒汗，心想黃教授身體欠佳，要是這樣「報」下去，我此行想要問的，可能問不到了。

黃教授的「一把胡琴，拉過來拉過去」，終於「遠兜遠轉，又回到了人間」。

黃教授談到了他跟流行歌曲的淵源。

一九四五（民國三十四）年，抗戰勝利後，「搞貝多芬的人」失業了。那時候，因爲他的牌子硬，就夥同了林壽榮、黃飛然、陸洪恩（女，聲樂家，後在文革中被槍斃），在現在南京路的「華聯商夏」（即舊日的永安公司）對過，黃金地段，合開了一家「魏德邁咖啡館」Wedemeyer Cafe，三人湊成功一個小樂隊，當起了「洋琴鬼」「有很多美軍光顧」，生意不惡，這樣維持了三個月。有一天，老朋友吳永剛（三〇年代名導演，作品有阮玲玉主演的《神女》，描寫四人幫罪惡的《巴山夜雨》）到咖啡館來坐坐，一看老朋友落魄成這副模樣，大爲不忍，於是，敦請他到中電二廠，出任音樂顧問，凡是與拍攝影片有關的配樂事務，唯他是問。

其實，話雖這麼說，這並不是第一次黃貽鈞參與電影配樂。遠在一九三七年，明星公司的《馬路天使》的配樂，便是由他負責的。

同時間內，有位叫劉偉佐的朋友——提起此人，來頭不小，原來他是戴粹倫教授（前師大音樂系主任，已故）在音專時的同期同學，後來劉到了台灣，曾出任圓山飯店的經理——主動邀請他到國立音專去教書。「福無雙至」這句古語，在勝利後的黃貽鈞身上，作了「反諷」式的應驗。

關於《鶯飛人間》這部影片，黃貽鈞有很多話要說，那是四八年（民國三十七年）十二月廿四日，鶯片的導演方沛霖，從上海坐飛機到香港，中途飛機撞山失事，方導演一去不返，黃貽鈞說，差一點他就坐了同一架飛機。

眞的「大難不死」啊！

時光沖淡了悲慘的記憶，黃教授興沖沖地說著，彷彿在談一件喜事，我也在一旁聽呆了。

關於《鶯飛人間》的女主角歐陽飛鶯，黃教授談起她來，把她看成了聲樂家，而不是歌星。他讚美歐陽的歌聲，用他的話來形容，是「聲情並茂，音域很寬，嗓音很好。」

《鶯飛人間》歌曲的配樂，是由黎錦光負責，黃貽鈞說。

他自己寫的三首歌，則由他自己配樂，沒有假手他人。

歐陽飛鶯是位很念舊的人。「開放」後，只要有機會來上海，歐陽一定不忘來探望黃教授，情眞意摯，令人感動。

〈雨濛濛〉、〈春天的花朵〉、〈梅花操〉事實上是流行老歌中的古典名曲。歐陽有子，在上海音樂學院畢業後，即加入了「上海市交」吹圓號。還有陳燮陽，他是現任上海市交音樂總監，原來就是流行老歌「花間派」詞家陳蝶衣人稱「蝶老」的哲嗣，眞是「虎父無犬子」！

另外一個可以信手拈來的例子，是寫〈梁山伯祝英台小提琴協奏曲〉成名的陳鋼，原來是「歌仙」陳歌辛的兒子！

黃教授又告訴我，創作〈雨濛濛〉一曲時，受到蕭邦（即興曲）影響甚深，中段意境甚佳。

相信熟悉〈雨濛濛〉一曲的老歌迷，一定會贊同黃教授的說法，也不會認爲，這是作歌人在那裡老王賣瓜，「自賣自誇」。

關於他自己的歌曲，他是支支記得清楚，毫不含糊。他又說出當年影壇的一個掌故，很有意思；他說一部電影的導演是「王」，「導演先把歌詞交給我，要我趕任務，歌寫完了，先唱給導演聽；再找唱的人來，唱給導演聽。生殺大權全由導演決定。」

他的歌，像是〈莫忘今宵〉，一部李萍倩導演影片的插曲，開始的一段過門，本來是用貝多芬 Moonlight sonata〈月光奏鳴曲〉型式來演奏的，結果陳歌辛（他說的時候，姑隱其名）按流行音樂方式配樂，改變了原來的格調。

我問「過門」是不是抄襲好萊塢當時最流行的《亂世佳人》Gone with the Wind 影片的主題音樂，黃教授先搖了搖頭，然後又說「是」。

又像《天羅地網》的插曲〈歸來吧！〉他說白虹唱得「蕩氣迴腸」；伴奏的樂師都是外國人，Tafanos 拉小提琴，Birurin 彈豎琴 harp。

難怪流行老歌的伴奏和過門那麼好聽！而且，幾乎是「不成文法」，每一首歌都有一段整齊漂亮的過門，讓樂隊來一段表演——有時候甚至喧賓奪主，讓人忘了到底是在聽歌還是聽音樂。

又像「中電」電影《天堂春夢》的插曲〈孩子，你乖乖的睡吧！〉伴奏的樂器，採用了 Celesta（鋼片琴），是爲了用來模仿孩子。

一語道破了流行老歌之所以悅耳動聽的一個癥結：樂器是用來模擬自然與感情的。不止是黃教授的〈孩子，你乖乖的睡吧！〉，有很多首老歌，伴奏都發揮了「模擬自然」的功效，像是梁萍唱的〈小小雲雀〉，有一段過門簡直就是雲雀在飛翔。〈烏鴉滿地飛〉的歌者白雲女士和她的先生朱嬰，在今年六月我訪問他們的時候也告訴我，過門中有一段是描寫烏鴉的，弄得很好。

〈默默無言〉這首歌，當姚莉唱出起始的兩句「朝夕相見，默默無言——」樂隊立即跟上一陣過門，聽起來像是「心的撞擊」，眞是「一枝禿筆，難以描畫」。這樣的「刻意求工」，在今日的流行樂壇，恐怕是稍嫌「過時了」。

至於流行歌曲的扛鼎之作夜來香，黃教授的批語是：「寫得好，黎錦光把夜來香這首歌寫絕了。」

我想他指的是原始的由李香蘭用「美聲法」灌唱的那首有聲樂氣息的〈夜來香〉，不是後來經過庸俗化爵士化的〈夜來香〉。

黃貽鈞跟費穆是好朋友，一九三五年到四八年，費穆導演的影片，配樂都是他弄的。

費穆在勝利的代表作《小城之春》，被推許爲「詩意盎然，第八藝術的傑作」，迄今猶有人津津樂道，我則未必苟同，想來音樂也是成功的一部份，那麼，黃教授功不可沒。

費穆的女公子，即是香港馳名的聲樂家費明儀女士。

他的另一個名字，黃元之，也是費穆替他取的，暗示「一切由他開始」！「好大的口氣！我可不敢當」！黃教授幽默地笑著說。

關於百代公司的樂隊，誰主理「套譜」，對研究流行老歌的人，是一項「挑戰」，很難解決，黃貽鈞談得很多，也很雜亂，因爲沒有錄音，用筆錄，速度慢，掛一漏萬，魯魚亥豕，在所難免，經整理後變成這樣，爰陳於后：

老歌中有一部伴奏用的是國樂（大陸稱做「民樂」），黃貽鈞是最早的演奏人之一，因爲他在蘇州上高中時，學校注重美術教育，請了老師來教，課他都上過，所以，二胡、揚琴、月琴他都學過。

黃教授說，一九三四年他便進了百代公司，到三七年離開，百代這一時期的流行歌曲，是凡用「民樂」演奏的，他都有份！（也許也參與寫「套譜」。）

換一句話說，周璇在這一時期演唱的名曲，包括〈天涯歌女〉、〈四季歌〉在內，只要也許還有〈採檳榔〉是用民樂演奏的，都有黃教授伴奏的音樂，在幕後「擎托」著。

樂隊中還有秦鵬章、陳中、林志高等高手在內。

一九三七年，他們四人組成的民樂隊解散後，就由黎錦光負責，都是臨時請的。

當然不可能是烏合之眾！黃教授說，當時新華公司，請了一位章彥先生負責民樂，有一幫人幫著他。百代公司錄唱片時，民樂部份就請他們幫忙。

至於西樂部份，樂師的國籍很複雜，有白俄、德國人、義大利人，像梅百器 Mario Paci，捷克人、匈牙利人、日本人、菲律賓人，這些人本事（技術）都很好。中國人的成員很少，最初四個，後來六個。黃教授就是這「少數民族」中的一員。不過，太平洋戰爭到勝利時，中國人逐漸減少，最後只剩下一個到兩個。

百代樂隊，到「解放」時還剩下十幾個外國人，中國人多了，變成三十幾個；至於白俄樂師，都遣送回返「蘇聯」去了。

樂隊的指揮，開始的時候，還是副的，名喚 Arigo Foa，黃教授稱他做 Concert Master。當時的法國經理，叫 DeGoy，錄音師叫 Bernard。

離開黃府時，我客套地稱讚，黃教授應該是中國的「格許文」George Gershwin 了。他連說「不止，不止。」當場便敬謝不敏了。我草成這篇小文時，這才驚悟到，我當該稱他是「中國的托斯卡尼尼」Toscanini 才對！

（一九九三、八、十三、加州）

後記：這篇訪問寫成後，一直擱在手邊，沒有發表，所以讀者見到「它」時，已經晚了一年，抱歉。（作者一九九四、三、卅識）

黎錦光談流行老歌

黎錦光（一九〇七年—一九九四年）是中國流行歌曲的一名大將，殆無疑義。與他同時代的作曲家，像陳歌辛、姚敏、李厚襄諸人，多已先後謝世，唯有黎老屹立滬濱，退而不休，曩近猶自協助中國唱片上海分公司，推出老歌專輯，包括群星薈萃一集，金嗓子周璇二集，姚莉、白虹拼盤一集，名影星李麗華一集。又於今年六月間，擔任上海通俗歌曲比賽評審，精神矍鑠，老而彌健，令人欽佩。

我因自己寫過一本《流行歌曲滄桑記》，自然對黎先生的生活事蹟，毋論過去現在，都感到莫大興趣，因此不惜毛遂自薦，試著在美國與黎先生建立了一層密切的通訊關係，蒙他不棄，先後魚雁往返，不下十數餘封，現在擇其要者，先披露一部分（當然經過我的剪輯整理）用饗關心老歌、擁護老歌的讀者。

〈馬來風光〉
南洋通衢巷陌未有不歌此曲者

一、馬來風光的選曲人斐納，何許人也？原來斐納係上海法商「百代」唱片公司的錄音製版工程師。二十世紀初，法商百代盤賣給英商 EMI（電器音樂實業公司），於是斐納隨著百代進入英商 EMI 任原職，因百代原系唱片的註冊商標，是一隻羽毛琤亮、引頸高吭的雄雞，出現在唱片的核心部分，而恰巧斐納爲人嚴謹認眞，作事一絲不苟，公司同仁，背後替他取下一個雄雞的綽號，也應驗了雋語家李漁所說：「若要知人性情，問其綽號即知。」

一九四三年，珍珠港事變爆發已接近二年，該年秋，有一天，斐納的妻子（原係印尼人），托其夫捎給黎錦光一首印尼民歌，並希望能將此曲灌成唱片。當時黎氏任職錄音部，擔任編輯兼音響。黎接曲後，頗爲讚賞，經與同事嚴抑西磋商後，決定由嚴（採用筆名梅露）塡詞，並經黎氏潤色，改歌名爲〈馬來風光〉。配器方面，採用吉他以及小型絃樂隊伴奏，於一九四三年十月中旬灌成唱片，主唱者姚莉姚敏，風行一時。〈馬來風光〉與大馬國歌之間，只有旋律相埒，餘均殊途，因此，黎先生同意在下的說法，是二者的雷同，僅係巧合而已，並非大馬國歌的作歌人，有意抄襲。但是我不免要作一番膠瑟贅語：〈馬來風光〉成歌於前，也係事實，南洋地區，華商蝟集，通衢巷陌，未有不歌柳永（馬來風光）之詞者，聽眾之間，難道就絕對沒有大馬國歌的製作者？這樣說來，豈不又把〈馬來風光〉跟大馬國歌的關係拉近了？

二、白俄音樂家阿伐夏洛莫夫（Avashalomov）未曾替中國流行歌曲作過和聲和「配器」。按照黎氏的解釋，所謂配器，是按伴奏樂隊的編制與歌曲相配的和聲以及節奏，編寫「總譜」，供指揮用；同時，又從「總譜」中謄出各種樂器的「分譜」，供樂隊隊員演奏用。阿伐在百代公司，曾任職音樂指導，審看別人西洋器樂曲的投稿，兼及大型節目錄音時的音響指導顧問等。阿伐個人的創作慾很強，曾於一九三三年初，創作了一首標題爲〈北京胡同〉的交響樂曲，並曾假蘭心戲院舉行過演奏會，獲得中西音樂家的一致好評（時爲一九三三年）。阿伐於一九三六年辭職。

三、阿伐辭職後，由一位名叫司羅斯基的教授接任。司氏也是白俄，同時兼任上海工部局交響樂隊芭蕾舞的指揮。當時百代錄音部主任任光（電影《漁光曲》主題曲的作曲人）曾向他學習「和聲」。黎錦光也曾於一九三八年，拜司羅斯基爲師，學習「和聲」，教科書是李姆斯基克薩可夫所編（想必是〈天方夜譚〉組曲的作者）。任光辭職後，黎氏得王人美、金燄介紹，擔任該公司錄音部音樂編輯，兼音響見習。同一期間，百代公司聘請了一位年輕的音樂指揮，也是白俄，名喚辛格（Singer），辛格是鋼琴家，對輕音樂、流行爵士音樂亦有研究。辛格每週替黎氏上兩堂課，講授「樂器法」、「配器法」，係見習音響者的必修課。

一九四〇年，陳歌辛製作的〈玫瑰玫瑰我愛你〉，配器方面，即由黎氏代勞，因為陳歌辛在義大利主修的是傳統管絃樂，不會流行的爵士樂。當時，姚敏和李厚襄都從師陳歌辛學習和聲以及配器，兩年後才能自己掌握配器（這樣一說，白虹所唱的〈郎是春日風〉，作曲雖是李厚襄，配器大概是黎錦光了。）又一九四三年，姚敏曾向日本輕音樂家服部良一請教配器，獲益良多。

中西合併
雙簧管代替嗩吶，鋼琴敲出花鼓節奏

四、歌曲採用何種型式配器，主要由作曲者自己決定。即令請別人代勞，也會預先告知自己的心聲。有時主要用民樂伴奏，是為了保持民間風格，俾便與唱腔的韻味混為一體。但也有中西樂器交迭運用的。例如周璇唱的〈採檳榔〉，是採用湘潭花鼓戲中的曲牌〈雙川調〉編製的。一九四〇年，〈採檳榔〉在百代灌片，黎氏親自配器。因湖南湘潭人愛嚼檳榔（此風與閩南人相埒），每逢喜慶佳日，鑼鼓喧天，吹奏樂器以嗩吶為主。黎氏為了渲染地方色彩，用中音雙簧管 (English Horn) 取代嗩吶，用鋼琴敲出鼓的節奏，又加用了一面鑼，擊起了五槌鑼，烘托出花鼓節奏。

〈處處吻〉（周璇唱）、〈莎莎再會吧〉（白虹唱）配器都由黎氏主理。〈處處吻〉中鳥語花香、〈莎莎再會吧〉中火車汽笛的嘎鳴都是為了強調二曲的內涵。但是黎氏謙虛地說，效果的成功，還得歸功於百代樂隊的整體努力，榮譽不能單由黎氏獨享。

〈蘇三採茶〉中加插一段京戲西皮流水是受了「蘇三起解」的影響，是有意的即興穿插。〈百鳥朝凰〉是嚴華採用了河北說唱型式（大鼓）製作。因為李麗華幼時習過皮簧，嚴華也在天津富連城科班學過花旦，因此他倆的京片子說白帶唱，精彩百出。龔秋霞唱的〈莫忘今宵〉和〈我忘不了你〉，統係上海國立音專教授黃立德（即黃貽鈞）作曲，故而不同凡響。勝利伊始，黃又替歐陽飛鶯寫了〈雨濛濛〉，也是一首動聽的歌。

白光唱的〈相見不恨晚〉與〈假正經〉都係黎氏的作品。《諜海雄風》中的〈我是女菩薩〉乃陳歌辛所作，都是既要配合劇情，又要吻合白光扮演的劇中人而構思出來的歌曲。

李香蘭
抒情女高音唱紅了〈夜來香〉

五、關於流行歌灌片前的排練情況：首先是樂隊排練，先全奏一遍，校對分譜有否抄錯，然後按總譜規定的速度（板眼）和力度（輕重強弱）變化，排練二至三遍，包括處理各種樂器的位置與層次（即距離「麥克風」的遠近和角度），最後與演唱者合奏，練習完畢，將歌聲與伴奏的比重調節好，即開始正式錄音。

六、我曾經提出了十位歌星的名字，希望黎氏這位傑出的作曲家，予以一一評述。結果他揀了三位最著名的來談，餘七位大概要等「下回分解」了。

(一)李香蘭：屬於抒情女高音類型，音域相當寬廣，高音的強弱均能控制自如，嗓音甜潤。李對歌曲內容的理解要求甚深，咬字發音力求準確。她唱紅了黎錦光的〈夜來香〉，姚敏的〈恨不相逢未嫁時〉，梁樂音的〈賣糖歌〉，予人印象很深，回味無窮，正因爲她具有上述的功底，能夠把歌曲所需要的感情，發揮得淋漓盡致的緣故。

(二)周　璇：一九三八年至四〇年間，周璇的嗓音尚屬童音，其聲細，其味甜。咬字認眞清楚，節奏感穩健。她擅長唱民謠，或者由民謠改編的民歌小調，都能保持民歌的特徵，而又有所創新。例如江浙民歌〈天涯歌女〉、〈四季歌〉，河北民歌〈難民歌〉，廣東梅縣民歌〈賣雜貨〉，湖南花鼓戲曲改編的〈採檳榔〉等，她都能唱得很生動，各具特色。一九四一年至四五年期間，她多數是唱電影插曲。電影插曲比民歌型式上要複雜得多，音域也較廣泛，又帶有某種戲劇性，周璇爲了適應需要，不得不尋師訪幽，學習發聲吐氣，後得白虹之助，拜美國聲樂教授 Selyvanlof 夫人爲師，因此嗓音逐漸成熟起來（證諸周璇後期的名曲，諸如〈燕燕于飛〉、〈黃葉舞秋風〉、〈晚安曲〉等，黎氏此說，並非誑言。）例如她唱的〈拷紅〉、〈漁家女〉、〈瘋狂世界〉、〈葬花〉等電影插曲，必須要曲曲揣摹出劇中人的個性和感情，演唱出一種戲劇性的效果來，比較單純簡樸的民歌，不知要難上多少倍！而周璇都能做得恰到好處。周璇有一個持之以恆的好習慣，她對每一首歌都要愼重地研習，難以捉摸之處就請教作曲者；另一點是她的行腔咬字都處理得很好，這多半得力於她丈夫嚴華先生的指導。由於她的節奏感強，後來她就能迎合時代潮流唱一些帶有爵士味的流行歌，例如〈告訴我〉、〈兩條路上〉、〈愛神的箭〉、〈許我向你看〉等曲，而且味道很濃，發展了她自歌己唱的新格局。

白虹
童年加入歌舞團，歌唱路子頗寬廣

(三)白　虹（黎錦光的第一任夫人，現已仳離）：是明月歌舞團（約在一九三一年）的成員，加入時尚爲童星，才十二歲。白虹聲音本來較爲厚實，節奏感也強。她與黎氏結婚不久，曾向聲樂教授張昊先生、姚繼新先生學習發聲，從此高音發聲較前優美，音域也拓寬不少，例如西洋歌曲小花腔裡的〈吻〉，以及歌劇《茶花女》的詠嘆調等，她就經常演唱。一九三八年，張昊、蔡冰白兩位合編的《上海之歌》歌劇，在上海辣斐花園劇場公演時，即曾邀請白虹擔任女主角，該歌劇受到上海市民的歡迎，演出頗爲轟動。接著，在一九三九年，錢仁康、蔡冰白兩位又編出另一齣歌劇《打漁的姑娘》，也是邀請白虹擔綱演出。上述二劇曾引起轟動，因而受到百代公司注意，從而錄製了兩劇中的選曲，如〈忘了我吧〉、〈哥哥你愛我〉、〈樵歌〉、〈打漁的姑娘〉等。

白虹歌唱的路子比較廣泛，因此作曲者都很喜歡請她來試唱新曲，她唱的歌就顯得雜沓。她會唱帶有濃郁西班牙南歐風情的〈醉人的口紅〉，也能唱出俚俗赤裸裸的北方民歌〈郎和姐兒〉，湘潭民歌〈鬧五更〉（勝利公司出品），以及蘇州評彈〈埋玉〉等。自從一九四六年，師事美國聲樂教授 Selyvanlof 夫人學習歌唱以來，爲新浪潮所衝擊，又唱了帶爵士味濃的〈別走得那麼快！〉〈瘋狂樂隊〉等曲。因爲白虹的歌聲，沒有一個深刻的鈐記，人們不易廝認記憶，除了少數電影插曲外，確實有許多好聽的歌，如〈河上的月色〉、〈咪咪〉、〈我要回家〉、〈尋夢曲〉等，迄今早已渺杳迷離，原唱片亦難尋覓。

黎錦光先生又曾花去一些篇幅，去描述舊日北京的「洋人大笑」——這是中國唱片事業的濫觴；又曾大談〈夜來香〉名曲寫作的經過，日後的轟動；百代公司的興起與衰落；百代的流行歌樂隊；一首流行歌誕生的過程等，因限於篇幅，俟他日伺機再談。

老歌「新」生命

剛從洛杉磯過完暑假回來，同時帶回來一批三〇、四〇、五〇年代老歌研究的新資訊，爰陳於後：

今年五月初，香港電台普通話台發起了一個別開生面的活動——「老歌，你在哪裡？」向全球華人徵求四、五十年代絕版國語時代曲，想不到這個行動立即引起亟熱烈的反應，得到馬來西亞、三藩市、紐約及澳洲等地的華語電台協助，三個月內一共收集了四百多張由聽眾提供的珍藏唱片。

香港電台從這數百張音樂寶藏中，選出十首最珍貴及值得保留的絕版老歌，加以數碼清洗，製成拷貝，收錄於《國語時代金曲—餘音再繞樑版》紀念CD內，並供給共襄盛舉的友台播放，使得顧曲周郎得以重溫這些悠揚悅耳的黃金旋律。

這十首金曲有：白虹主唱的〈不了情〉（非一般人印象中顧媚主唱的同名電影主題曲）、

李香蘭的〈賣糖歌〉（電影《萬世流芳》）的插曲之一，亦非一般人耳熟的那一首，而係李香蘭同時灌唱的另一首附有女高音花腔表演的無人知曉的〈賣糖歌〉，陳娟娟主唱的〈夜來香〉（這一首更屬奇特，因爲無論唱腔韻味、樂隊伴奏，都可與李香蘭的那首〈夜來香〉絕唱媲美，而且令人稱奇者爲幾可亂眞）。姚莉、姚敏、逸敏三兄妹合唱的〈他鄉故知〉（此曲曾遭香港政府禁唱，到底內容爲何，令人引起無窮好奇）。餘者如李麗華的〈小喇叭〉，靜婷的〈未了情〉，于飛的〈昨夜我爲你失眠〉、張伊雯的〈梁山伯與祝英台〉、鄧白英的〈夢裡相思〉，以及柔雲的〈夕陽紅帆〉，雖一樣號稱絕版，引起的張大了口的驚嘆號，就不若前述的那幾首歌曲那樣像「Giotto 畫的那樣圓」了（錢鍾書語）！

在收藏老歌的另一寶地星加坡，有更加令人嘖嘖稱奇的現象發生：一位三十來歲的發燒友李寧國先生，在今年（月份不詳）發行了一張音效絕佳可以媲美原版唱片的 CD 光碟，題名《中國上海三四十年代絕版名曲(一)》。據說李先生費時六載，耗盡「上窮碧落下黃泉」的水磨功夫，又曾經博採眾議，方才將這一顆辛苦的果實奉獻出來，提供老歌迷友一同品嘗。在介紹詞中，他宣稱採用了英國最先進的 CEDAR 去除雜音機器，「它的獨特之處在於它是屬於同步分析的系統，能馬上知道雜聲去除後的效果，並在去除唱片雜聲的同時，能很好的保留歌曲的原聲，這樣出色的表現是其它劣質軟件所望塵莫及的。」

我仔細聆聽過CD上一大部份的歌曲，覺得李先生的宣稱，並非誇言，而是眞話，像他收錄的張伊雯唱的〈上海小姐〉聽來似乎比原來七十八轉的「黑膠」（李先生稱之爲「焦木」）唱片還要清晰動人；具立體感，這當然不得不感激廿一世紀嶄新科技的進步，不過李先生在收集方面所下的寧缺毋濫的功夫，也是成功的一個因素。譬如說，其中有一首張帆主唱的〈桃花朵朵紅〉，「這是製作人於一九九六年八月九日遠赴泰國曼谷的唐人街，才找到這張全新的七十八轉唱片，（也是）幾乎絕版的歌曲，最終得以完美的保留下來！」

這樣的苦心孤詣，爲老歌刮垢磨光，煥發昔日青春容貌的精神，是誰促使他去做成的？我想無它，是老歌本身孕發的芬芳所致！

因爲限於篇幅，我不想一一列舉所有的二十首歌曲了，不過有一首是電影《王老五》的主題曲（一九三七年聯華公司攝製），這首歌曲第二部分，由王次龍、藍蘋合唱。眾所周知，藍蘋即是日後毛澤東的夫人江青；史無前例的文化大革命由她擔任旗手，千萬顆人頭因而落地，在〈顆顆紅心向太陽〉的歌聲都曲終人散以後，江青的這首少年十五、二十時灌製的童音唱片卻被完整的保留下來，文學上的「艾朗尼」irony奇技發揮至此，嘆爲觀止矣！

從李先生附在CD的說明書內，我們得知當時的百代公司一共發行了六三五七面唱片，其中當然包括了上千首的流行歌曲，這一龐大的數據，也是令人嘆爲觀止的。

老歌的發燒現象還在繼續，有許多收藏家逐漸開始拋頭露面，不再三掩其口了。有洋教授在研究文化之餘，寫出了《黃色歌曲》(Yellow Music) 的博士論文，不久即將正式出版，成爲一種學術專著。有人研究唱片目錄學，又有人想去訪問百代公司的音樂製作人Avashalamov 的哲嗣，進一步想探訪老歌的內涵（追究配器爲何如此賞心悅目，千嬌百媚）。至於我，種種的現象使我變成一個「進城的鄉下人，說得嘴兒疼」(南京諺語)，只有到此打住，下回分解。

水晶作品一覽表

小說類：青色的蚱蜢（文星）
鐘（三民）
掌聲響起（漢藝色研）
沒有臉的人（爾雅）

散文類：拋磚記（三民）
蘇打水集（大地）
五四與荷拉司（香港）
水晶之歌（爾雅）
桂冠與荷葉（九歌）
說涼（三民）
對不起，借過一下！（三民）

掌故類：流行歌曲滄桑記（大地）

評論類：張愛玲的小說藝術（大地）
張愛玲未完（大地）

大地圖書目錄(一)

編號	書　　名	作 者	定價	圖書分類
01030001	講理(增修版)	王鼎鈞	230	大地文學
01030002	在月光下飛翔	宇文正	220	大地文學
01030003	我的肚臍眼	殷登國	180	大地文學
01030004	笑談古今	殷登國	200	大地文學
01030005	張愛玲的小說藝術	水　晶	190	大地文學
01030006	香港之秋	思　果	190	大地文學
01030007	作家花邊	姜　穆	200	大地文學
01030008	愛結	夐　虹	150	大地文學
01010040	風樓	白　辛	85	大地文學
01010120	蛇	朱西甯	105	大地文學
01010130	月亮的背面	季　季	120	大地文學
01010150	大豆田裡放風箏	雨　僧	160	大地文學
01010220	美國風情畫	張天心	160	大地文學
01010250	白玉苦瓜	余光中	150	大地文學
01010270	霜天	司馬中原	60	大地文學
01010290	響自小徑那頭	劉靜娟	95	大地文學
01010300	考驗	於梨華	165	大地文學
01010310	心底有根弦	劉靜娟	90	大地文學
01010400	台灣本地作家小說選	劉紹銘編	110	大地文學
01010470	夢迴重慶	吳　癡	130	大地文學
01010490	異鄉之死	季　季	100	大地文學
01010500	故鄉與童年	梅　遜	90	大地文學
01010520	當代女作家選集	姚宜瑛	80	大地文學
01010540	域外郵稿	何懷碩	90	大地文學
01010640	驀然回首	丘秀芷	90	大地文學
01010650	夐虹詩集	夐　虹	160	大地文學
01010660	天涯有知音	張天心	85	大地文學
01010710	林居筆話	思　果	95	大地文學
01010720	蘇打水集	水　晶	90	大地文學
01010730	藝術、文學、人生	何懷碩	140	大地文學
01010790	眼眸深處	劉靜娟	85	大地文學
01010820	快樂的成長	枳　園	110	大地文學
01010830	我看美國佬	麥　高	95	大地文學
01010910	你還沒有愛過	張曉風	120	大地文學

大地圖書目錄(二)

編號	書　名	作者	定價	圖書分類
01010930	這樣好的星期天	康芸薇	85	大地文學
01010970	談貓廬	侯榕生	85	大地文學
01010990	五陵少年	余光中	120	大地文學
01011010	七里香	席慕蓉	130	大地文學
01011020	明天的陽光	姚宜瑛	140	大地文學
01011050	大地之歌	張曉風	100	大地文學
01011070	成長的喜悅	趙文藝	80	大地文學
01011090	河漢集	思　果	85	大地文學
01011140	眾神	陳　煌	100	大地文學
01011170	有情世界	薇薇夫人	85	大地文學
01011190	松花江畔	田　原	250	大地文學
01011200	紅珊瑚	夐　虹	85	大地文學
01011210	無怨的青春	席慕蓉	150	大地文學
01011260	我的母親	鐘麗慧	110	大地文學
01011300	快樂的人生	黃　驤	150	大地文學
01011310	剪韭集	思　果	95	大地文學
01011320	我們曾經走過	林雙不	120	大地文學
01011330	情懷	曹又方	120	大地文學
01011340	愛之窩	陳佩璇	90	大地文學
01011380	我的父親	鐘麗慧編	150	大地文學
01011390	作客紐約	顧炳星	160	大地文學
01011420	春花與春樹	畢　璞	130	大地文學
01011440	鐵樹	田　原	170	大地文學
01011450	綠意與新芽	邵　僩	120	大地文學
01011470	火車乘著天涯來	馬叔禮	95	大地文學
01011480	歲月	向　陽	75	大地文學
01011490	吾鄉素描	羊　牧	100	大地文學
01011510	三看美國佬	麥　高	100	大地文學
01011520	女性的智慧	吳娟瑜	125	大地文學
01011530	一個女人的成長	薇薇夫人	85	大地文學
01011570	綴網集	艾　雯	80	大地文學
01011580	兩代	姜　穆	120	大地文學
01011610	一江春水	沈迪華	130	大地文學
01011640	這一站不到的神話	蓉　子	100	大地文學

大地圖書目錄(三)

編號	書　　名	作 者	定價	圖書分類
01011650	童年雜憶—吃馬鈴薯的日子	劉紹銘	100	大地文學
01011660	屠殺蝴蝶	鄭寶娟	100	大地文學
01011680	五四廣場	金　兆	100	大地文學
01011700	大地之戀	田　原	180	大地文學
01011710	十二金釵	康芸薇	100	大地文學
01011720	歸去來	魏惟儀	150	大地文學
01011760	一個女人的成長(續集)	薇薇夫人	90	大地文學
01011770	一步也不讓	馬以工	120	大地文學
01011780	芬芳的海	鍾　玲	110	大地文學
01011790	故都故事	劉　枋	110	大地文學
01011840	煙	姚宜瑛	110	大地文學
01011850	寄情	趙　雲	90	大地文學
01011860	面對赤子	亦　耕	120	大地文學
01011870	白雪青山	墨　人	250	大地文學
01011970	清福三年	侯　楨	120	大地文學
01011980	情絮	子　詩	120	大地文學
01012010	雁行悲歌	張天心	125	大地文學
01012020	春來	姚宜瑛	160	大地文學
01012030	綠衣人	李　潼	160	大地文學
01012040	恐龍星座	李　潼	170	大地文學
01012050	想入非非	思　果	150	大地文學
01012080	神秘的女人	子　詩	110	大地文學
01012100	人生有歌	鍾麗珠	150	大地文學
01012110	樹哥哥與花妹妹(上)	林少雯	250	大地文學
01012120	樹哥哥與花妹妹(下)	林少雯	250	大地文學
01012180	張愛玲與賴雅	司馬新	280	大地文學
01012200	張愛玲未完	水　晶	170	大地文學
01012220	初挈海上花	陳永健	170	大地文學
01012230	條條大道通人生	謝鵬雄	160	大地文學
01012240	觀音菩薩摩訶薩	夐　虹	160	大地文學
01012250	宗教的教育價值	陳迺臣	120	大地文學
01012260	破巖詩詞	晞　弘	130	大地文學
01012270	孫中山與第三國際	周　谷	280	大地文學

如何購買大地叢書

書店實施「零庫存」，各出版社又不斷有新書出版，在書店有限的空間裡，無法保證不斷貨，如果您在書店找不到某一本想購買的書，還有以下方法可以找到你想要的書。

1. 只要您記得作者與書名，向書店訂購，書店會給您滿意的答覆。
2. 如果書店的服務人員對你說「書已斷版」或「賣完了」您可打電話到本社。

   TEL：（02）2627-7749 或

   FAX：（02）2627-0895 查詢。
3. 用劃撥方式函購，劃撥帳號： 0019252-9，戶名：大地出版社
4. 大台北地區讀者，如一次購買二十本以上，本社請專人送到府上，且有折扣優待。
5. 本社圖書目錄函索即寄。

國家圖書館出版品預行編目資料

黃絨虎與西門町 /水晶著.—一版.-- 臺北市：大地, 2001〔民90〕
面；　公分.--（大地文學；10）

ISBN 957-8290-35-7（平裝）

848.6　　90002678

黃絨虎與西門町

大地文學10

作　　者：水晶
創 辦 人：姚宜瑛
發 行 人：吳錫清
主　　編：陳玟玟
封面設計：王景苹
法律顧問：余淑杏律師
出 版 者：大地出版社
台北市內湖區環山路三段二十六號一樓
劃撥帳號：○○一九二五二一九
户　　名：大地出版社
電　　話：（○二）二六二七七七四九
傳　　真：（○二）二六二七○八九五
印 刷 者：久裕印刷事業股份有限公司
一版一刷：二○○○年三月

定價：二○○元

E-mail:vastplai@ms45.hinet.net
Printed in Taiwan

地 大地 大地 大地 大地 大地 大地 大地 大地 大地

大地 大地 大地 大地 大地 大地 大地 大地 大